Rainer Werner Fassbinder

Die bitteren Tränen der Petra von Kant

Tropfen auf heiße Steine

Eine Komödie mit pseudotragischem Ende

Verlag der Autoren

Die Deutsche Bibliothek – CIP-Einheitsaufnahme

Fassbinder, Rainer Werner:
Die bitteren Tränen der Petra von Kant. Tropfen auf heiße Steine : eine Komödie mit pseudotragischem Ende. Rainer Werner Fassbinder. – Frankfurt am Main : Verl. der Autoren, 1999
(Theaterbibliothek)
ISBN 3-88661-207-4

Satz: SVG, Satz- und Verlags-Gesellschaft mbH, Darmstadt
Druck: betz-druck GmbH, Darmstadt
Printed in Germany

Inhalt

Die bitteren Tränen der Petra von Kant 7
Tropfen auf heiße Steine 61

Die bitteren Tränen der Petra von Kant

Für Margit Carstensen

PERSONEN

PETRA VON KANT
VALERIE VON KANT, ihre Mutter
GABRIELE VON KANT, ihre Tochter
SIDONIE VON GRASENABB, ihre Freundin
KARIN THIMM, ihre Liebe
MARLENE, ihre Bedienstete

Erster Akt

Marlene zieht die Vorhänge auf. Laut.

PETRA Marlene! Sei doch sensibel, bitte. Ich hatte so schwere Träume. Mein Kopf ist ganz ... schwer. Ganz bleiern. Das Telefon. Rasch!

Marlene gibt ihr das Telefon. Petra wählt.

PETRA Hallo? Frau von Kant bitte. Natürlich, ich warte. Preß mir doch ein paar Orangen aus. Mich dürstet! Mama! Ich habs nicht mehr geschafft gestern, Mama, die Arbeit, tja, du kennst das ja. Nein, ich bin schon lange auf, wirklich. Man hat ja doch keine Ruhe. Und das ist ja denn auch wieder gut, nicht? Wohin fährst du? Nach Miami? Oh, das freut mich für dich, Mutter, Miami ist ganz reizend. Wirklich, ganz reizend. Und die Menschen. Fabelhafter Umgang. Einfach fabelhaft. Sechs Monate!? Oh Mama. Das macht mich sprachlos. Sechs Monate, wie ich dich beneide. Sechs Monate Miami. Ja, das könnte mir auch nicht schaden.

Marlene bringt den Saft. Petra hält die Muschel zu.

PETRA Danke. Fang doch schon mit der Zeichnung an. Die Skizzen sind in der Schublade. Ja, Mama? Wie bitte? Ja doch, Mama, ich hab dir zugehört, aber die Leitung hat einen Schaden, verzeih. Sei doch nicht beleidigt, Mutter, es war wirklich ein Knacken in der Leitung. Ich lüge nicht!! Du bist verletzend, Mutter.

Gut, Mama, ich hör dir zu. Ja. Verstehe. Natürlich. Ja. Wieviel brauchst du denn? Achttausend? Das ist viel Geld. Warte mal. *Sie hält die Muschel zu.* Was soll ich denn jetzt machen? *Marlene zuckt mit den Achseln.* Du kannst einem ja auch nie helfen, nicht?! Mama! Also, ich kann dir fünftausend leihen, mehr ist im Moment wirklich nicht drin. Du weißt doch, die ganzen Ausgaben und dann Gabriele. Vielleicht versuchst dus wegen des Rests bei Tatjana oder... Ja Mama. Bis dann. Ciao. *Sie hängt ein, zündet sich eine Zigarette an.* Marlene, du mußt schnell einen Brief schreiben. An Josef Mankiewitz. Die Adresse steht in den Akten.

Marlene spannt ein.

PETRA Lieber Mankiewitz, lieber Freund, Komma, leider wird es mir unmöglich sein, Komma, die Zahlung zu leisten, Punkt, es gibt Umstände zwischen Himmel und Erde, Punkt, Punkt, Punkt, aber wem sag ich das, Fragezeichen. Ihr Einverständnis erhoffend verbleibe ich in Freundschaft ihre Petra von Kant. Ich unterschreibe gleich. Komm.

Marlene kommt, läßt Petra unterschreiben.

PETRA Brings runter und beeil dich.

Marlene geht. Petra steht auf und legt eine Platte auf (von den Platters). Bei der Hälfte der Platte kommt Marlene zurück. Petra tanzt mit etc.

PETRA So, jetzt beeil dich, die Zeichnung muß fertig sein bis Mittag, ja? Post?

Marlene bringt ihr die Post.

PETRA Karstadt? *Sie öffnet den Brief.* Ich soll eine Kollektion zeichnen für Karstadt! Marlene, hast du gehört? Das ist die Chance! *Sie geht zum Telefon, wählt.* Karstadt? Herrn Müller-Freienfels, bitte. Mein Name ist Petra von Kant. Danke. Petra von Kant hier. Ja, ich habe... Ja. Aber diese Woche gehts ganz schlecht, das heißt, am Freitag. Moment, ja, am Freitag könnte ichs noch unterbringen. Wann? Um drei? Gut. Um drei. Bis dann. Ciao. *Sie hängt ein.* Diese Schweine! Weißt du noch, vor drei Jahren, als ich ihnen die erste Kollektion angeboten habe wie Sauerbier? Naja, die Zeiten ändern sich. Ganz schön devot, der gute Mann, Wenn man bedenkt...

Es klingelt.

PETRA Jetzt? Um Gotteswillen, wer...?

Marlene zuckt mit den Achseln.

PETRA Mach auf. Ist doch egal.

Marlene geht hinaus, Petra wählt eine Nummer.

PETRA Halb elf. Immerhin.

Marlene und Sidonie von Grasenabb kommen herein.

SIDONIE Liebste!
PETRA Sidonie! Gute!
SIDONIE Petra! *Sie umarmen sich.*
PETRA Mein Gott, wie lange...
SIDONIE Drei Jahre, Beste. Drei Jahre. Und wie die Zeit vergeht. Dabei siehst du so gut aus. Erschreckend gut. Wie du das machst.
PETRA Du stehst mir in nichts nach, an Jugend, Schönheit, Gute, in nichts.
SIDONIE Und Frank?

Petra winkt ab.

SIDONIE Ich hab von euch gelesen. In Australien, stell dir vor! Und ich hab gleich gesagt zu Lester, die Arme, das hat sie nun davon. Wie haben wir dich alle vor dem Mann gewarnt.
PETRA Erfahrung, Sidonie, die muß man selber sammeln. Glaub mir, ich bin froh, es so erlebt zu haben, wie es war. Was du gelernt hast, nimmt dir keiner mehr. Im Gegenteil, es macht dich reif.
SIDONIE Ich weiß nicht, Petra, wenn das Ende schon am Anfang abzusehen ist, ist denn die Erfahrung dann viel wert?
PETRA Mach Kaffee, Marlene, oder willst du lieber Tee?
SIDONIE Kaffee ist schon recht.
PETRA Hast du gefrühstückt?
SIDONIE Danke, ja. Ich bin doch heute früh aus Frank-

furt hergeflogen. Es hat mir keine Ruhe gelassen, wie du es trägst. Ob du leidest oder…

PETRA Ach, Sidonie, der Mensch entwickelt sich. Früher… früher, da war ich anders, sicher. Da hätt ich nicht gewußt, wohin mit mir. Die Scham allein. Ich hab doch so ans Gute in dem Mann geglaubt. Doch in der Ehe, weißt du, behalten doch die schwachen Seiten im Charakter Oberhand.

SIDONIE Ich weiß nicht recht, bei Lester…

PETRA Verzeih. Aber ihr habt vor lauter Reisen doch nie Zeit gehabt, daß ihr euch wirklich kennenlernt. Doch Frank und ich, weißt du, wir waren Tag und Nacht zusammen, ganz selten eine Abwechslung, fast immer Angst um meine Existenz. Da kann man ganz schön in Erfahrung bringen, aus was für Stoff der andere Mensch gemacht ist oder… Verzeih, ich hab nicht bitter werden wollen, aber es hätte schon Möglichkeiten gegeben, schöne Möglichkeiten, wirklich, für den Mann und mich. Es hat nicht sein sollen.

SIDONIE Du träumst ihnen noch nach?

PETRA Nein, Sidonie, ich häng den Chancen nach, die da waren, zweifelsfrei. Das ist schon traurig, glaub mir, wenn du erkennst, daß das, was stört, das Schöne, das man spürt, bei weitem überwiegt.

SIDONIE Habt ihr gestritten, oder…?

PETRA Gestritten? Nicht im eigentlichen Sinn. Manchmal war eine Kälte da, weißt du, die spürt man und… schau, du bist zusammen mit einem Menschen, im Auto oder in einem Zimmer und du möchtest etwas sagen, aber du hast Angst. Du möchtest zärtlich sein, aber wieder hast du Angst. Du hast Angst davor, einen Punkt zu verlieren, das heißt, der Schwächere zu sein. Der Punkt ist schrecklich, wo man nicht mehr zurückgehen kann mit sich.

SIDONIE Ich glaube, ich verstehe, was du meinst. Ganz dunkel, aber...

PETRA Ich weiß, was du jetzt sagen willst. Der Klügere gibt nach, zum Beispiel. Oder... Nein, Sidonie, wenn der Karren mal im Dreck steckt, den zeig mir, der ihn wieder rauszieht, was die Beziehung zwischen Menschen anbetrifft.

SIDONIE Das kann doch nicht drei Jahre so gegangen sein.

PETRA Natürlich nicht. Es hat Momente gegeben, die waren so schön, daß..., weißt du, Momente, wo man alles vergißt, alles, auch daß man die alten Schwierigkeiten klären könnte, eine Basis finden könnte, auf der... ach, der Karren war im Dreck.

SIDONIE Du Arme. Arme!

PETRA Es ist ganz leicht, was zu bedauern, Sidonie, und schwerer schon, was zu begreifen. Wen du begreifst, den mußt du nicht bedauern, den kannst du ändern. Bedauern soll man höchstens, was man nicht begreift.

SIDONIE Ich sehe schon, dich hat die ganze Sache hart gemacht. Traurig, harte Frauen waren mir schon immer verdächtig.

PETRA Es scheint nur hart, weil ich den Kopf benütze. Das scheinst du nicht gewöhnt zu sein, daß Frauen denken. Du armes Häschen.

SIDONIE Petra! Bitte!

PETRA Verzeih, ich wollte dich nicht verletzen. Ich will nur, daß du wirklich hörst, was ich dir sage und nicht mit einer Meinung, die schon fertig ist, beurteilst, was ich gerade formuliere.

SIDONIE Gewiß. Ich kann doch deine Bitterkeit verstehen. Hat... er... die Scheidung eingereicht?

PETRA Nein, ich.

SIDONIE Nicht er! Du hast... um Gotteswillen.

PETRA Das überrascht dich, nicht? Die arme, arme Petra, die den Mann nicht lassen wollte, die hoffnungslos verliebt schien, hörig fast, die hat die Scheidung eingereicht, wie schrecklich, nicht?

SIDONIE Hat er...

PETRA Nein, er hat mich nicht betrogen. Zunächst wäre ein Ehebruch für mich kein Grund gewesen, mich zu trennen. Was mich betrifft, war die Beziehung ganz gesund. Wir haben beide viel von Spaß gehalten, nichts von Treue: das heißt Treue unter Zwang. Mit dem Verstand war jeder wohl dem andern treu. Nein, daß es nicht ging, das hatte andere Gründe. Natürlich stellt sich Ekel ein, wenn alles schief liegt, oder Haß. Doch all das hat nichts mit Dingen zu tun, die um uns geschehen, mit anderen Menschen etwa oder...

Marlene kommt herein, serviert den Kaffee.

PETRA Danke.

SIDONIE Ich danke auch.

PETRA Jetzt zeichne weiter, bitte. Es eilt.

Marlene zeichnet weiter.

SIDONIE Kann man...?

PETRA Marlene? Marlene ist seit drei Jahren bei mir. Marlene hört alles, sieht alles, weiß alles. Auf Marlene muß man keine Rücksicht nehmen.

SIDONIE Nun gut, zurück. Was hat euch denn so fremd gemacht, so krank?

PETRA Ach, Sidonie!

SIDONIE Schau Petra, Lester und ich, wir hatten doch auch so eine Zeit, da hat es ausgesehen, als wäre jetzt Schluß. Da war etwas wie Überdruß, auch Ekel. Und... Man muß sehr klug sein, weißt du, sehr verständnisvoll und voller Demut. Als Frau, da hat man Möglichkeiten, die muß man zu benutzen wissen.

PETRA Ich wollte keine Möglichkeiten nutzen, Sidonie, schon gar nicht Möglichkeiten, wie sie »Frauen« haben. Ich hab auf Taschenspielertricks verzichten wollen.

SIDONIE Tricks, Petra? Ich...

PETRA Ja. Das sind Tricks. Schmuh, meinetwegen. Was da herankommt, das ist Unfreiheit und Zwang. Wenn ich ein Wort wie Demut höre, dann...

SIDONIE Nicht spotten, Petra. Nicht spotten, bitte. Lester und ich wir sind jetzt glücklich, wirklich! Die Demut hat sich ausgezahlt. Er glaubt, er würde mich beherrschen, ich laß ihm diesen Glauben und letztlich, wirklich, setz ich meinen Willen durch.

PETRA Schau, Liebste, ich versteh ja, was du sagst. Das mag ja auch ganz richtig sein, für dich und Lester. Vielleicht ist dieser Zwang im Kopf genau das, was ihr braucht. Doch... weißt du, Frank und ich, wir sollten eine schöne Liebe lieben. Und schön, das hat für uns bedeutet, immer ganz genau zu wissen, was geschieht, bei einem selbst und auch beim andern. Wir wollten keine dumpfe Ehe führen, die Verfahrensweisen hat, die sich ergeben. Wir wollten immer neu entscheiden, immer wach sein, immer… frei.

SIDONIE Ich weiß nicht, Petra, daß man sich so schwer macht, was auch einfach sein kann. Verfahrensweisen beispielsweise sind doch dazu da, bewußt zu werden. Wer muß immer Neues finden, wo das Vorhandene doch bewährt ist, also gut.

PETRA Wir wollten glücklich sein zusammen. Verstehst du das: zusammen. Das ist kein Muster, das bewährt war, das ich kennen würde.

SIDONIE Was ist denn nur geschehen, das zu Ekel führte? Wo soviel Klarheit war, soviel Verständnis?

PETRA Erfolg zum Beispiel. Erfolg, den ich gehabt hab, und den Frank erhoffte, den er brauchte, eigentlich. So fing es an, so einfach. Ja.

SIDONIE Ja. Verzeih! Erfolg ist doch kein Grund, um…

PETRA Männer! Und ihre Eitelkeit. Ach, Sidonie. Er hat mich hätscheln wollen, versorgen. Oh ja, er hat sich ernst genommen, gewiß, er hat meine Meinung gelten lassen, trotzdem: er wollte mich ernähren. Auf diesem Umweg stellt sich die Unterdrückung ganz von selber ein. Das geht dann so, ich höre, was du sagst, versteh dich auch, doch… wer verdient das Geld, wer schuftet? Also bitte, zweierlei Maß! Ach Liebste. Am Anfang hieß es, was du verdienst, mein Mädchen, kommt auf ein Sonderkonto, wird uns später Chancen machen, ein kleines Eigenheim vielleicht, ein schnelles Auto oder so. Ich hab genickt, hab zugestimmt, weil… er war so zärtlich, Sidonie, und manchmal hat die Liebe, mit der er sich umgab, mich richtig weggeschwemmt, mich… atemlos gemacht vor Glück. Als dann die Flaute kam bei ihm, weißt du, am Anfang wars fast komisch mitanzusehen, wie sein lächerlicher Stolz verletzt war, und wenn ich ehrlich bin, ich habs sogar genossen, zumal ich wirklich dachte, er wüßte selber, wie lächerlich sein Verhalten ist. Er hat es nicht gewußt. Und als ich dann versuchte, später, zu klären, ihm zu sagen, daß für mich kein Unterschied bei einem Mann besteht, ob er nun gerade »top« ist oder nicht, da wars zu spät. Sobald dies Thema angeschnitten war, wie eine Mauer, Sidonie, wie eine Mauer. Und dann fing Zug um Zug die Ehrlichkeit zu sterben an. Ich glaubte ich hätte mich getäuscht, in ihm, in mir, da hab ich Schluß gemacht. Schluß damit, ihn zu lieben. Das letzt halbe Jahr war schrecklich, glaub mir, schrecklich! Natürlich hat er es gemerkt, daß es vorbei ist, gespürt zumindest. Er hats nicht hingenommen, nein. Er war auch da nicht wirklich klug. Er hat versucht, die Frau, wenn auch nicht ganz, so doch im Bett zu halten. Da kam der Ekel. Er hats versucht mit Technik, mit Gewalt. Ich hab ihn über mich gelassen. Habs ertragen. Doch… mir kam der Mann so dreckig vor.

SIDONIE Petra!

PETRA Er stank! Er stank nach Mann. Wie Männer eben stinken. Was vorher reizvoll für mich war… jetzt hatte ich nur Brechreiz, Tränen in den Augen. Und wie er mich bestieg…

SIDONIE Nicht, Petra! Bitte.

PETRA Jetzt hör dir die Geschichte gefälligst auch zu Ende an. Er nahm mich wie ein Bulle seine Kuh. Kein Fünkchen Achtung mehr und kein Gedanke an den Spaß der Frau. Die Schmerzen, Sidonie, die Schmerzen kannst du dir nicht träumen lassen. Und wenn ich manchmal doch... die Scham! Die Scham. Ich hab mich so geschämt. Er hat geglaubt, ich heul aus Liebe, aus Dankbarkeit. Er war so dumm, so dumm. So dumm sind Männer.

SIDONIE Du Arme, Arme! Wie du gelitten hast.

PETRA Ich brauch dein Mitleid nicht. Er... er hätte es gebraucht von mir. Verständnis, Güte oder Mitleid, wenn schon sonst nichts möglich ist. Ich hab nichts mehr gehabt für ihn. Im Gegenteil, es wurde immer schlimmer. Wenn wir zusammen aßen, sein Kauen klang wie eine Explosion für mich, das Schlucken – ich hab nichts mehr ertragen. Wie er sein Fleisch schnitt, Gemüse aß, wie er die Zigarette hielt, ein Whiskyglas. Mir schien all das so lächerlich zu sein, so... affektiert. Ich habe mich geschämt für ihn, weil es mir schien, als müßten alle, die ihn sahen, ihn so empfinden, wie ich es tat. Natürlich war da Hysterie, war Panik, Sidonie. Es war nicht mehr zu retten. Aus. Schluß. Vorbei. *Pause.* Ich schäme mich.

SIDONIE Das brauchst du nicht. Du brauchst dich nicht zu schämen. Du hast ja doch versucht, zu lernen. Hast versucht, was zu begreifen. Ich...

PETRA Ich glaub, der Mensch ist so gemacht, daß er den andern Menschen braucht, doch... hat er nicht gelernt, wie man zusammen ist. *Es klingelt.* Marlene!

Marlene steht auf, geht hinaus.

SIDONIE Das ist sicher Karin.
PETRA Karin?
SIDONIE Ein reizendes Mädchen. Ich hab sie auf dem Schiff von Sydney nach Southampton getroffen. Sie will sich eine Existenz in Deutschland schaffen.

Marlene kommt mit Karin herein.

SIDONIE Karin?
KARIN Hallo.
SIDONIE Das ist Petra, Petra von Kant, von der ich Ihnen so viel erzählte.
KARIN Guten Tag.
PETRA Guten Tag. Setzen Sie sich doch. Ich bitte um Verzeihung für die Unordnung. Die Umstände.
KARIN Das macht doch nichts.
PETRA Tee? Oder ein Kognak?
KARIN Einen Kognak, gern.
PETRA Marlene! Kognak. Du, Sidonie?
SIDONIE Nein, danke. Am Vormittag, ich bitte dich.
KARIN Komisch, ich hatte sie mir viel älter vorgestellt, viel distinguierter, sagt man so?
PETRA Man sagt so, ja. Doch warum älter?
KARIN Wer soviel Erfolg hat, wer so berühmt ist? Ich weiß nicht, da... da sind die Leute doch meistens älter.
SIDONIE Die Ausnahmen bestätigen die Regel.

Marlene bringt zwei Kognakgläser, schenkt ein.

PETRA Prost.

KARIN Prost.

SIDONIE Sie, jetzt wirds höchste Zeit für uns, Karin. Petra! Ich rufe bei Gelegenheit mal an, ich bleibe länger, diesmal. Ciao.

PETRA Tu das, Sidonie. Machs gut. Auf Wiedersehen.

KARIN Auf Wiedersehen.

Sidonie ist schon draußen, Marlene ist vorangegangen.

PETRA Ach, äh...

KARIN *dreht sich um* Ja?

PETRA Sie haben eine gute Figur, Sie müßten Chancen haben. Vielleicht melden Sie sich mal bei mir.

KARIN Gerne.

PETRA Zum Beispiel morgen. Morgen abend. Um acht.

SIDONIE Karin!

KARIN Ich komme. Bis morgen.

PETRA Bis morgen.

Karin geht hinaus. Petra geht zur Staffelei, sieht sich Marlenes Zeichnung an. Marlene kommt herein.

PETRA Du hast die Ärmel verändert? Doch... das macht sich gut. Da kommt es auch besser an.

Black out

Licht an. Aber es ist Abend. Petra läuft wie ein aufgescheuchtes Huhn über die Bühne, zieht sich an. Macht sich zurecht. Marlene hilft ihr beim Zuknöpfen der Kleider etc., arbeitet ansonsten an der Schreibmaschine. Es klingelt.

PETRA Marlene! Es hat geklingelt, Marlene. Ich bin überhaupt noch nicht fertig. Mach auf, ich komme gleich rüber.

Beide ab. Nach einem Moment tritt Marlene mit Karin auf, weist ihr einen Platz zu, setzt sich wieder an ihren Schreibtisch. Karin steht auf, geht zu einem Spiegel, sieht sich lange an. Petra kommt herein.

PETRA Karin! Wie nett.

Karin dreht sich langsam um.

KARIN Guten Abend, Frau von Kant.

Petra geht auf sie zu, als wollte sie sie umarmen. Stoppt aber kurz vorher ab.

PETRA Lassen Sie uns doch setzen. Ich hab ein paar Kleinigkeiten bereitet. Marlene! Den Lunch!

Marlene geht hinaus.

PETRA Ja. Da sind Sie also.
KARIN Ja, da bin ich also.

Beide lachen.

PETRA Gefällt Ihnen Deutschland?
KARIN Ich bin doch nur fünf Jahre weggewesen. Ja. Es gefällt mir. Es hat sich wenig verändert.
PETRA Hier verändert sich selten was. In Deutschland, da sind die Dinge, wie sie sind. Da kann man nichts machen. Erzählen Sie von sich.
KARIN Von mir? Da ist nicht viel zu erzählen.
PETRA Oh doch, was Sie denken oder was Sie träumen.
KARIN Wenig. Ich möchte einen Platz haben auf der Welt. Ist das zuviel verlangt?
PETRA Nein, im Gegenteil, Karin, im Gegenteil. Das ist es, wofür man lebt, sich einen Platz zu erkämpfen.
KARIN Und... muß man kämpfen?
PETRA Gewiß. Auch ich habe kämpfen müssen, und zwar hart. Sehr hart. Das ist eben so.
KARIN Ich weiß nicht, ich hab immer gedacht von mir, ich bin zum Kämpfen zu faul.
PETRA Zu faul?
KARIN Ja. Schauen Sie, ich lieg am liebsten im Bett, les Illustrierte, Romane und so. Das...
PETRA Vielleicht haben Sie den rechten Anreiz zum Leben noch nicht. Sie sind ja noch jung.
KARIN Dreiundzwanzig.
PETRA Eben. Da hat man so vieles noch vor sich. Gutes, Böses, Häßliches, Schönes. Mit dreiundzwanzig, da fängt doch das Leben erst an.

KARIN Ja?

PETRA Ja. Oder nicht?

KARIN Ach Gott ich hab ja doch schon einiges hinter mir. Ich bin verheiratet und...

PETRA Sie sind... Ach ja?

KARIN Ja. Mein Mann ist in Australien geblieben. Wir hatten... Ach, es ist alles nicht so einfach.

PETRA Nein. Einfach ist nichts. Gar nichts. Man muß was von Demut verstehen.

KARIN Von Demut?

PETRA Schauen Sie, es hat doch jeder so seine Theorie von der Welt. Ich glaub, man muß demütig sein, um das, was man begreift, besser ertragen zu können. Ich hab Demut vor meiner Arbeit zum Beispiel, vor dem Geld, das ich verdiene. Vor vielem, das stärker ist als ich.

KARIN Ich finde, »Demut« ist ein komisches Wort. Das klingt so – nach beten und knien. Ich weiß nicht, ich...

PETRA Möglich, daß diese ... Begriffe... nichts sind für... junge Menschen. Ich hätte nicht anders reagiert, in Ihrem Alter.

Marlene bringt ein Tablett herein und stellt es vor die beiden auf ein Tischchen.

PETRA Danke. Greifen Sie zu.

Marlene geht wieder zu ihrem Schreibtisch, arbeitet.

PETRA Aber Sie könnten sich vorstellen, daß Sie Spaß hätten, so als Mannequin zu arbeiten.

KARIN Ich kenne den Betrieb nicht und was da so dran hängt an einem, aber grundsätzlich – warum nicht?

PETRA Schön. Wir müssen das ja mal ganz konkret besprechen. Natürlich geht man nicht einfach auf den Laufsteg und kann dann schon alles. Sie müßten bereit sein zu lernen.

KARIN Ich will lernen. Klar. Ich will nichts geschenkt.

PETRA Gewiß, ich kann Ihnen vieles erleichtern. Später. Wenn Sie was können, brauchen Sie um einen Job keine Angst mehr zu haben.

KARIN Danke.

PETRA Vielleicht haben sie am Anfang Schwierigkeiten, ich meine Schwierigkeiten finanzieller Art. Während der Kurse verdienen Sie ja nichts.

KARIN Wahrscheinlich. Ich...

PETRA Ich werde Ihnen helfen. Das ist ein Angebot. Daran solls nicht scheitern.

KARIN Ja. Das ist sehr freundlich von Ihnen.

PETRA Wissen Sie, da Schöne an diesem Beruf ist, man ist viel unterwegs. Ich liebe fremde Weltstädte bei Nacht. Reisen Sie gern?

KARIN Kommt darauf an. Ja. Ich glaube schon.

PETRA Das kann herrlich werden. Viel unterwegs, viel sehen, erleben. Fremde Städte, Musik. Lieben Sie Kunst?

KARIN Kunst? Ich weiß nicht.

PETRA Theater, Konzerte, schöne Filme? Nein?

KARIN Doch. Ich geh ganz gern ins Kino. Filme mit Liebe und so. Mit Leid. Da ist schön.

PETRA *zweifelnd* Ja? Wir können ja lernen zusammen. Vieles ergibt sich. Ich hab mit meinen Eltern Glück gehabt, wissen Sie. Die haben mich schon früh hingewiesen auf die schönen Dinge des Lebens. Wie waren denn Ihre Eltern? ... Beruflich zum Beispiel.

KARIN Mein Vater war Werkzeugmacher.

PETRA Ach? Sehr interessant.

KARIN Ja. Das war nicht sehr viel. Arbeit, wenig Spaß. So ist das doch. Die haben schon kein Leben gehabt, das toll war. Kleine Wohnung, drei Kinder, viel Geschrei.

PETRA Aber die Eltern, die haben sich doch beschäftigt mit Ihnen, als Kind, so richtig, mein ich?

KARIN Was heißt beschäftigt. Wir waren eben da und lästig. Wenigstens meistens.

PETRA Sie Arme. Das war sicher schrecklich.

KARIN Ach nein. Sie habens schon gut gemeint, beide. Und außerdem, sie haben uns in Ruhe gelassen, fast immer. Ich find das besser, als wenn die Eltern sich einmischen in alles, was man im Kopf hat und so.

PETRA Trotzdem, Kinder so einfach sich selbst überlassen? Ich weiß nicht. Sie wissen ja sicher, ich hab auch eine Tochter. Ich kann mich natürlich auch nicht immer kümmern um sie, aber ich weiß doch, sie ist auf der bestmöglichen Schule in einem ausgezeichneten Internat. Das beruhigt zu wissen, glauben Sie mir. Ich bin gern zur Schule gegangen, Sie nicht?

KARIN M..., nein. Nein, ich glaub nicht. Ich weiß noch, daß ich sehr froh war, als es vorbei war. Obwohl, ich war ziemlich gut, glaub ich.

PETRA Sie sind sicher sehr intelligent.

KARIN Intelligent schon, das ja. Aber ich hab nicht

gern lernen mögen, damals. Was mich interessiert hat, das ging von allein, das war schön.

PETRA Das war bei mir auch so. Was mich interessiert hat, da war ich unschlagbar. Seltsamerweise hab ich grade ein Faible für Mathematik gehabt damals.

KARIN Ich gar nicht. In Rechnen war ich immer schlecht. Am Anfang schon, aber später, mit den Buchstaben und so, da hab ich nix mehr begriffen.

PETRA Seltsam. Mich hat gerade die Algebra ungemein gereizt, ungemein!

KARIN Algebra, ja! Nein, das war nicht das meine. Da hab ich nie begriffen, warum kriegt sone Zahl n Buchstaben, das ist mir ja heut noch nicht klar.

PETRA Ist ja auch wirklich nicht so wichtig. Da gibts Dinge, die sind dringender auf der Welt.

KARIN Turnen war prima. Leichtathletik im Sommer vor allem. Oder so Spiele, Handball und Völkerball. So Geräte hab ich auch nicht gemocht. Reck oder Barren. Ich hab auch immer im Sommer ne eins gehabt und im Winter ne drei.

PETRA Ja? Nein, mir waren da auch gerade die Geräte lieber. Das erfordert... Disziplin. Auch so ein Wort, das den jungen Leuten verhaßt ist.

KARIN Ich weiß nicht, Disziplin ist ganz o.k., solang man Spaß hat an was. Wenns aber nur mit Disziplin geht, oder so, oder mit Zwang, das find ich nicht gut.

PETRA Komisch, aber... also ich zum Beispiel brauche einen Antrieb, um was zu tun. Daß ich Geld brauch meinetwegen, oder daß ich was versprochen habe. So... ganz ohne Zwang, da wär ich richtig aufgeschmissen manchmal.

KARIN Na ja, das kann ich verstehen, aber wenns ohne geht, find ichs besser. Mein Vater zum Beispiel, der hat jeden Sonntag n Ausflug gemacht mit uns aufm Fahrrad. Da ist die ganze Familie geradelt. Er voraus, dann Mutter, dann die drei Töchter den Alten nach. Und er ist unheimlich schnell gefahren vorne. War ja n Mann. Wir sind am Abend immer ganz fertig angekommen zu Hause, und er war ganz frisch. Und dann hat er gestritten mit Mutter, jeden Sonntag, um nix. Na ja. Auf alle Fälle, wir haben alle immer mitgemußt. Jedesmal. Ich wär sicher manchmal ganz gerne von allein mitgefahren, aber so, so hab ich nie Spaß dran gehabt. Nie. Obwohl, heute ist die Vorstellung ganz lustig. Vater, Mutter und drei Töchter aufm Fahrrad, nicht?

PETRA Ja. Doch. Aber natürlich war das brutal von Ihrem Vater. Und das ist auch gar nicht der Zwang, den ich meine. Ich spreche von einem Zwang, den man akzeptiert, sogar wünscht und braucht. Um etwas leisten zu können, meinetwegen. Man muß doch im Leben etwas erreichen. Was machen Ihre Eltern?

KARIN Vater und Mutter sind tot.

PETRA Das tut mir leid für Sie. Gleich beide.

KARIN Vater hat zuerst Mutter erschlagen und sich dann aufgehängt.

PETRA Nein! Wie schrecklich!

KARIN Sehen sie, jetzt schauen Sie mich mit ganz anderen Augen an. Das geht allen Leuten so. Zuerst mögen Sie mich, dann erfahren sie meine Geschichte und aus.

PETRA Nein, Karin, nein. Ich hab... viel Zärtlichkeit für

Sie, ich... seit ich Ihre Geschichte kenne noch viel mehr. Man... muß was gut machen an Ihnen. Laß uns du sagen zusammen. Ja?!

KARIN Klar. Ist doch viel einfacher.

PETRA Marlene! Bring uns eine Flasche Sekt.

Marlene geht hinaus.

PETRA Sie ist ein gutes Mädchen. Sie macht meine ganze Arbeit. Aber erzähl doch, wie kam das mit...

KARIN Mit meinen Eltern? Das war ganz einfach. Hast... du sie nicht in der Zeitung gelesen, die Geschichte?

PETRA Nein, nein, ich erinnere mich nicht.

KARIN Papa hat viel gesoffen und... nein, das ist falsch erzählt, weil... eines Tages haben sie zu Papa gesagt in der Firma, Herr Thimm, wir sind ein Hochleistungsbetrieb oder so, da ist kein Platz mehr für Leute in Ihrem Alter. Genau weiß ichs nicht, weil ich war nicht dabei, aber so ungefähr wars. Da ist er zusammengebrochen, hat geweint und um sich geschlagen, da hat ihn der Werkschutz vor die Tür gesetzt. Da ist er in seine Stammkneipe gegangen und hat sich besoffen. Was soll einer tun in der Lage und Papa hat immer viel getrunken. Dann ist er nach Hause, hat Mama erstochen und hat sich aufgehängt. Er hat keinen Platz mehr gesehen für sich und die Frau auf der Welt. Ganz einfach die Geschichte. Ich bin dann gleich nach Australien. Aber da isses auch nicht so rosig. Mit Chancen und so. Die lassen einen da ganz schön links liegen, wenn man nicht hinterher ist wie sonst wer.

PETRA Das soll ja nun alles ganz anders werden, Karin, ganz anders. Wir wollen uns bemühen, zusammen, das noch was rauskommt aus deinem Leben.

KARIN Schön wärs. Ich habs oft schon aufgegeben zu hoffen, ehrlich. Mit meinem Mann, das war auch so ne Scheiße. Der hat mich schuften lassen und hat immer gesagt, er macht mal viel Geld oder so. Es dauert nur noch n bißchen. Der ist mir oft schon ganz schön auf den Wecker gegangen.

Marlene bringt den Sekt, macht ihn auf, schenkt zwei Gläser ein, geht wieder zur Arbeit.

PETRA Prost. Auf uns, daß wir was machen aus unseren Möglichkeiten.

KARIN Prost.

PETRA Ich stell mir schon vor, wie Sie... wie du über den Laufsteg gehst. Ich werde eigens für dich eine Kollektion entwerfen. Ich mach ein Top-Modell aus dir. Ehrlich! Du bist schön, Karin.

Sie streichelt sie, steht dann schnell auf, legt eine Platte auf. (»In my room« von den Walker-Brothers.)

PETRA Magst du solche Musik?

KARIN Ja, doch.

PETRA Das sind Platten aus meiner Jugend, da kann ich ganz traurig werden oder ganz lustig. Je nach dem. Da ist aus der Zeit mit meinem ersten Mann, weißt du. Das war eine schöne Liebe. Jemand hat mal gesagt, alles, was schön ist, hört immer am schnellsten auf, und, weißt du, ein bißchen was davon stimmt. Pierre ist verunglückt, er fuhr leidenschaftlich gern Auto. Pierre war ein... er war ein schöner Mann, – aber besessen. Und... er hat geglaubt, er sei unsterblich. Er war es nicht. Als unsere Tochter zur Welt kam, da war er schon tot. Vier Monate. Es war nicht leicht für mich. Schicksal. Aber alles ist vorbestimmt. So oder so. Da bin ich ganz sicher. Ich hab es ertragen müssen. Weißt du, Karin, der Mensch ist schlimm. Letztlich erträgt er alles. Alles. Der Mensch ist hart und brutal und jeder ist ihm austauschbar. Jeder. Das muß er lernen.

Sie warten das Ende der Musik ab.

PETRA Wo wohnst du jetzt?
KARIN Hotel Rheingold.
PETRA Im Hotel? Das ist doch sicher teuer!?
KARIN Siebenundzwanzig Mark mit Frühstück.
PETRA Eben. Wer kann sich das leisten auf die Dauer? Du ziehst zu mir. Das ist billiger und... und außerdem ist das schön.
KARIN Ja? Ich...
PETRA Oder nicht?
KARIN Doch. Gerne. Ich mein bloß, vielleicht geh ich Ihnen... vielleicht geh ich dir bald auf die Nerven.
PETRA Ich kenn mich, Karin. Du wirst mir nicht auf die Nerven gehen. Ich kenn mich. Ich bin oft sehr einsam und allein. Wir machens uns schön.

KARIN Wenn du meinst, daß... ja, gerne. Wirklich, ich...

PETRA Ich liebe dich. Ich liebe dich, Karin. Ich liebe dich. Wir werden die Welt erobern zusammen. Ich fass es nicht, ich möchte dich streicheln, küssen. Ich... *Sie umarmt sie.*

KARIN Ich mag dich auch, Petra, sehr, aber du mußt mir Zeit lassen. Bitte.

PETRA Ich laß dir Zeit, Karin. Wir haben ja Zeit. Wir haben soviel Zeit. Wir haben Zeit, uns kennenzulernen. Wir werden uns lieben. Marlene, bring uns noch eine Flasche Sekt.

Marlene geht hinaus.

PETRA Ich hab noch nie, noch nie Liebe empfunden für eine Frau. Ich bin wahnsinnig, Karin, wahnsinnig! Aber es ist schön, wahnsinnig zu sein. Es ist wahnsinnig schön, wahnsinnig zu sein.

Black out

DRITTER AKT

Es ist früh am Morgen, Karin liegt noch im Bett, Petra zieht sich gerade an. Marlene räumt das Frühstücksgeschirr, das neben dem Bett stand, weg. Karin liest in einer Illustrierten.

PETRA Hast du die Flüge abbestellt?
KARIN Was?
PETRA Ob du die Flüge abbestellt hast.
KARIN Warum denn? Ich lieg ja noch im Bett, Entschuldigung.
PETRA O.k. Ich machs selber.
KARIN Ich mache schon. Laß mich doch erst aufstehn.
PETRA Nein, ich kanns doch selber machen. Warum denn nicht. *Sie geht zum Telefon.* Hallo? Ich hatte bei Ihnen zwei Flüge gebucht, am 25. nach Madrid. Auf die Namen Kant und Thimm, Karin Thimm. Ja? O.k. Ich muß die beiden Flüge leider abbestellen. Nein, vorerst nicht. Ja. Danke.
KARIN Im Grunde ist es ganz unnötig, Flüge abzubestellen. Entweder man ist da oder nicht. Die merken das schon rechtzeitig.
PETRA Das ist ein Gebot der Höflichkeit, Schätzchen. Das wirst selbst du noch eines Tages lernen.
KARIN Danke.
PETRA Bitte schön. Marlene!

Marlene kommt herein.

PETRA Meine Schuhe! Rasch.

KARIN Langsam glaub ich wirklich, die hatn Stich.
PETRA Die hat keinen »Stich«, die liebt mich.
KARIN Viel Spaß dabei.

Marlene bringt die Schuhe.

PETRA Danke.

Marlene geht arbeiten.

PETRA Daß du nicht mehr auf die Schule willst, ist endgültig?
KARIN Was heißt denn endgültig? Ich lern nix mehr.
PETRA Man kann immer was dazulernen. Das hört nie auf.
KARIN Du mit deinen weisen Sprüchen.
PETRA Das ist keine Weisheit, das ist Erfahrung. Du, ich ruf an und entschuldige mich für dich, dann kannst du wieder hingehn. Ich glaub, es ist besser für dich, wenn du wirklich mal eine Sache ganz zu Ende machst. Das zahlt sich immer aus, glaub mir.
KARIN Wenn du meinst.
PETRA Ja. Ich mein das.
KARIN Ja dann.
PETRA Genau.
KARIN Mach mir doch mal n Gin-Tonic.
PETRA *macht den Gin-Tonic* Du säufst zu viel. Paß auf, daß du nicht zu fett wirst.
KARIN Leck dich selbst am Arsch.
PETRA Denk daran, deine Figur ist dein Kapital, sonst hast du nichts.

KARIN Wie du meinst.
PETRA Das mein ich nicht, das weiß ich. Prost.
KARIN Prost.
PETRA *setzt sich zu Karin aufs Bett und umarmt sie* Ich liebe dich.
KARIN Ich dich auch.
PETRA Scheiße. Ich dich auch. Ich dich auch. Sag doch mal, ich liebe dich.
KARIN Ja, ja.
PETRA Komm.
KARIN O.k. Ich mag dich. Ich lieb dich.
PETRA Du hast die schönste Haut auf der Welt.
KARIN Ja?
PETRA Ja. Und die schönsten Haare. Und die schönsten Schultern. Und ... und die schönsten Augen. Ich liebe dich, ich liebe dich, ich liebe dich. Ich liebe dich.
KARIN Laß mich, bitte.
PETRA Warum denn?
KARIN Ich hab mir die Zähne noch nicht geputzt.
PETRA Da macht nichts.
KARIN Aber mich genierts. Komm. Ich will auch noch lesen. Bitte.
PETRA O.k. Ich laß dich in Frieden. Wenn du dich ekelst.
KARIN Ich ekle mich nicht. Wir können doch nicht vierundzwanzig Stunden am Tag rummachen an uns.
PETRA Doch.
KARIN Ach Petra.
PETRA Ich könnte ewig umarmt sein von dir. Ich weiß nicht, warum du so brutal bist. Als ob ich dir was getan hätte, ich streng mich doch nur an.

KARIN Ich bin nicht brutal.
PETRA So einfach machst du dirs. Sagst einfach, ich nin nicht brutal. Und wenn ich dich brauche, stößt du mich weg. Karin?
KARIN Ja?
PETRA Darf ich … ich will mich noch ein wenig zu dir setzen.

Karin reagiert nicht. Petra setzt sich an den Bettrand. Fängt nach einem Moment an, Karin zu streicheln.

PETRA Wo warst du denn heute nacht? *Karin reagiert nicht.* Karin?
KARIN Ja?
PETRA Ich hab gefragt, wo du heute nacht warst.
KARIN Ich war tanzen.
PETRA Bis sechs Uhr früh?
KARIN Und?
PETRA Weil es nichts gibt, was so lang auf hat.
KARIN Nein?
PETRA Nein. Mit wem warst du »tanzen«?
KARIN Wie bitte?
PETRA Mit wem du tanzen warst, hab ich gefragt, ja?
KARIN Mit einem Mann!
PETRA Ach ja?
KARIN Ja.
PETRA Was für ein Mann?
KARIN Mit einem großen schwarzen Mann, mit einem großen schwarzen Schwanz.
PETRA So, so. *Sie geht zur Bar und nimmt sich noch einen Gin-Tonic.* Wolltest du auch noch einen?

KARIN Ja, mach mir noch einen.
PETRA Bitte.
KARIN Du kannst es auch sein lassen.
PETRA Ich wills nicht sein lassen. Aber du könntest ruhig freundlich sein. Bitteschön.
KARIN Danke, Liebste, danke!!
PETRA Wie war der Mann?
KARIN Im Bett?
PETRA Zum Beispiel.
KARIN Unersättlich.
PETRA Ja?
KARIN Extrem. Du mußt dir vorstellen, große schwarze Hände auf meiner weißen zarten Haut. Und ... diese Lippen! Du weißt doch, alle Neger haben dicke warme Lippen. *Petra faßt sich ans Herz.* Du fällst in Ohnmacht, Liebste? *Lacht unmäßig.*
PETRA *zu Marlene* Glotz nicht so blöd, du Kuh. Hol Zeitungen! Los!
KARIN Na na, warum denn gleich hysterisch werden. *Marlene geht hinaus.* Das Beste kommt erst noch.
PETRA Sei doch nicht so gemein.
KARIN Ich bin nicht gemein, ich sag die Wahrheit, Petra. Wir haben doch mal besprochen, früher, wir wollen immer ehrlich sein zueinander. Aber du verträgst es nicht. Du willst ja angelogen werden.
PETRA Ja, lüg mich an. Bitte, lüg mich an.
KARIN Also gut, es stimmt nicht. Ich bin die ganze Nacht allein spazieren gegangen und hab nachgedacht über uns.
PETRA Ja? *Hoffnungsvoll.* Das ist nicht wahr?
KARIN Natürlich nicht. Ich hab schon mit einem Mann

geschlafen. Das ist doch nichts Entscheidendes, oder?

PETRA *weint schon* Nein. Nein – natürlich nicht. Aber ich verstehs nicht, wirklich, ich verstehs nicht. Warum... warum...

KARIN Tu halt nicht weinen, Petra, bitte. Schau, ich mag dich doch, ich lieb dich doch ... aber ... *Sie zuckt mit den Achseln. Petra weint hemmungslos.* Schau, es war doch klar, ich werd immer mal wieder schlafen mit einem Mann. Das ist so bei mir. Das nimmt uns doch auch nichts. So ein Mann, den benütz ich doch bloß. Mehr ist doch da wirklich nicht dabei. Ein bißchen Spaß. Das ist alles. Du hast doch am Anfang immer von Freiheit gesprochen und so. Du hast immer gesagt, daß wir uns zu nichts verpflichten, gegenseitig. Wein halt nicht mehr, schau, ich komme doch immer wieder zurück zu dir.

PETRA Mein Herz tut so weh. Als hätte man hineingestochen mit einem Messer.

KARIN Das braucht nicht weh tun, dein Herz. Das ist nicht nötig.

PETRA Weh *zu* tun. Wer brauchen ohne zu gebracht, braucht brauchen gar nicht zu gebrauchen.

KARIN Ach Petra. Natürlich bin ich nicht so klug wie du, oder gebildet. Das weiß ich doch, schau.

PETRA Du bist schön. Ich hab dich so lieb. Mir tut alles weh, wie ich dich liebe. O Mann o Mann. *Sie geht sich einen Drink machen.* Willst du noch einen?

KARIN Ich muß doch auf meine Linie achten.

Sie schauen sich an, fangen dann gleichzeitig an zu la-

chen, hören dann fast gleichzeitig auf, schauen sich noch einen Moment an, dann reißt Petra sich los.

PETRA Triffst du ihn wieder?
KARIN Wen? Den Mann?
PETRA Ja. Oder gibts so viele?
KARIN Ach geh.
PETRA Also?
KARIN Nein, ich treff ihn nicht wieder. Ich weiß nicht mal, wie er heißt. Außerdem hat er was gesagt, daß er versetzt wird oder so.
PETRA Wirklich ein Neger?
KARIN Ja. Warum?
PETRA Bloß so.
KARIN Du, der war wirklich toll, der hätt dir auch gefallen. Der war gar nicht so schwarz, nur braun, und n richtig intelligentes Gesicht. S gibt doch so Neger, die haben n richtig europäisches Gesicht, nicht?
PETRA Ja? Ich weiß nicht.
KARIN Doch, gibts. Das war einer davon. Der hat auch ganz schöne Sachen erzählt, von Amerika und so.
PETRA Bitte, Karin. *Sie weint schon wieder.*
KARIN Ich hör ja schon auf. Ich dachte, wir hätten das geklärt vorhin.
PETRA Du mußt ja nicht unbedingt schwärmen davon. *Sie macht sich schon wieder einen Drink.*
KARIN Du säufst aber auch ganz schön.
PETRA Was bleibt mir denn sonst?
KARIN Übertreib doch nicht so, verflucht. Du bist richtig hysterisch.
PETRA Ich bin nicht hysterisch. Ich leide.

KARIN Ach was, wenn du leidest, dann tuts dir gut, geh.

PETRA Ja, ja, machs dir nur schön einfach. Wenn jemand leidet, dann tuts ihm gut.

KARIN Ist doch so.

PETRA Ich wär lieber glücklich, Karin, glaub mir. Ich wär viel lieber glücklich. Mich macht das alles ganz krank.

KARIN Was macht dich denn krank?

PETRA Ach laß doch.

KARIN Sag schon, was macht dich denn krank?

PETRA Du. Du machst mich krank. Weil ich nie weiß, warum du wirklich bei mir bist, weil ich Geld hab oder dir eine Chance gebe, oder weil ... weil du mich liebst.

KARIN Na klar, weil ich dich liebe. Scheiße.

PETRA Ach, hör doch auf. So eine Ungewißheit kann keiner lange ertragen.

KARIN Wenn du mir nicht glaubst, dann ...

PETRA Was heißt glauben. Das hat doch mit glauben nichts zu tun. Natürlich glaub ich, daß du mich liebst. Klar. Aber ich weiß nichts. Ich weiß es nicht. Wirklich. Das macht mich krank. Das ist es.

Marlene kommt mit der Zeitung, gibt sie Petra, zeichnet dann weiter. Petra schlägt die Zeitung auf.

PETRA Ach! Sieh mal an: Einen hervorragenden Beitrag zur Mode des kommenden Winters leistet Petra von Kant mit ihrer neuen Kollektion. Und ein Bild von dir.

KARIN Nein? Zeig mal.

PETRA Da.

KARIN O Wahnsinn. Sieht doch gut aus, oder? Sag doch selbst.

PETRA Ja, sehr schön.

KARIN Sehr schön, sehr schön. Das ist unheimlich toll. Das erste Foto von mir in der Zeitung. O Wahnsinn. *Umarmt Petra, küßt sie.* Ich liebe dich. Komm.

PETRA Ach laß doch.

KARIN Ich will dich küssen.

Sie küssen sich. Das Telefon klingelt, Marlene steht auf, Petra trennt sich von Karin.

PETRA Ich geh schon ran. Laß nur. Von Kant. *Zu Karin.* Für dich! Aus Zürich.

KARIN Aus Zürich?

PETRA Ja. Wen kennst du denn in Zürich?

KARIN Keine Ahnung. Hallo? Karin Thimm hier. Wer ... Freddi!!!! Du bist in Zürich? Wie kommst du denn nach Zürich? Wann? Um drei in Frankfurt? Moment, ich frag mal. Wann geht denn die nächste Maschine nach Frankfurt?

PETRA *schaut auf die Uhr* Um halb drei.

KARIN Um halb drei geht eine Maschine von Köln nach Frankfurt, Freddi, ich will versuchen, einen Platz zu kriegen, wenn nicht, ruf mich doch von Frankfurt aus noch mal an. *Sie wendet sich ab.* Ich liebe dich. Tschau. *Sie hängt ein.* Das war mein Mann!!!! Freddi ist in Zürich. Freddi ist in Europa. Versuch doch mal einen Flug zu kriegen für mich nach Frankfurt, komm, bitte!

PETRA *geht wie mechanisch zum Telefon, Karin steht auf, zieht sich an* Lufthansa? Petra von Kant hier. Ich möchte einen Flug buchen für die Maschine um 14.25 nach Frankfurt … Voll?

KARIN Nein!! Bitte, bitte …

PETRA In der ersten Klasse ist noch was frei? Gut, dann buchen Sie doch auf den Namen Thimm. Karin Thimm. Dreiviertelstunde vor Abflug, ich weiß. Wiederhören.

KARIN O Wahnsinn. Freddi ist da. Wahnsinn.

PETRA *macht sich noch einen Drink* Du hast doch immer gesagt, du und dein Mann, du hast doch immer gesagt, da wär nichts mehr.

KARIN Das ist doch schon so lange her, Petra, ich …

PETRA Du hättest mir zumindest … sagen müssen, daß … daß ihr wieder Kontakt habt.

KARIN Aber Freddi ist doch mein Mann. Natürlich hab ich ihm geschrieben.

PETRA Du hast doch gesagt, ihr wollt euch scheiden lassen.

KARIN Ich hab gesagt, vielleicht werden wir uns mal scheiden lassen. In einem halben Jahr, da ändert doch jeder seine Meinung.

PETRA Weißt du, was du bist?

KARIN Nein, aber du wirst mirs sicher gleich sagen.

PETRA Du bist eine ganz kleine miese Hure. Klein und mies.

KARIN Ja? Meinst du?

PETRA Ja, das mein ich. Ein ganz kleines ekliges Geschöpf. Mir wird speiübel, wenn ich dich nur anschaue.

KARIN Dann bist du ja sicher sehr froh, daß ich gehe.

PETRA O ja. Aber du gehst fast zu spät. Ich frag mich nur, warum du nicht gleich auf den Strich gegangen bist.

KARIN Weils mit dir nicht so anstrengend war, Liebste.

PETRA O ja, das versteh ich. Gott, bist du gemein. Wie kann man einen Menschen nur so beleidigen, wenn man sieht, der läßt sich ein auf einen.

KARIN Ich hab dich nicht belogen, Petra.

PETRA O doch, du hast gelogen. Du hast die Dinge nicht ganz klar gemacht zwischen uns, das genügt.

KARIN Ich hab gesagt, ich lieb dich. Das ist nicht gelogen, Petra, ich liebe dich. Ich lieb dich auf meine Art. Das mußt du mir schon zugestehn.

PETRA Ich hätt mich doch von Anfang an ganz anders eingestellt, wenn du mir ... wie kann ein Mensch nur so gemein sein, Karin. Du hast doch gesehn, was los ist mit mir. Was da passiert.

KARIN Das ist nicht wahr. Ich hab ganz lange nicht gewußt, »was da passiert«. Du hast doch auch am Anfang so getan, als wärs nur Spaß.

PETRA *geht zu Karin, umarmt sie* Ich kann doch nichts dafür, daß ich dich liebe. Ich brauch dich, Karin. Ich brauch dich so sehr. *Sie geht auf die Knie, umarmt Karins Beine.* Ich will doch alles tun für dich. Ich will doch nur für dich auf dieser Welt sein, Karin. Ich hab doch nichts als dich. Ich ... ich ... bin so einsam, ohne dich, so einsam, Karin.

KARIN Einsam – ohne eine ... Hure?

PETRA O bitte, bitte, verzeih mir. Versteh doch nur, was mir ... da ... geschieht. Sei doch nicht so grausam.

KARIN Steh auf, ich muß mich beeilen.

PETRA Oh, du dreckiges kleines Schwein. *Sie spuckt ihr ins Gesicht.*

KARIN Das hast du nicht umsonst getan. Das wirst du nie vergessen.

PETRA *versucht wieder, sie zu umarmen, aber Karin wehrt ab* O Karin, ich weiß doch nicht mehr, was ich tue. Versteh doch.

KARIN Gib mir bitte Geld. Ich muß den Flug bezahlen. Und dann in Frankfurt: Freddi hat nie Geld.

PETRA Genau, dazu bin ich grade recht. Zum Zahlen. O Vater unser. O.k. Wieviel. Sag schon.

KARIN Fünfhundert.

PETRA *geht zum Schrank, holt Geld heraus* Da. Tausend. Daß ihr euch auch was leisten könnt.

KARIN Ich brauch bloß fünfhundert. Wirklich.

PETRA Nimm ruhig die tausend. Jetzt ist schon alles egal. *Sie geht zum Tisch, nimmt die Autoschlüssel.* Marlene, fahr die Karin zum Flughafen. Ich bin zu besoffen.

Marlene geht mit Karin zur Tür. Marlene geht hinaus.

PETRA Karin! Jetzt gehst du wirklich weg? Ja?

KARIN Ja.

Petra setzt sich weinend hin. Karin geht zu ihr, streichelt ihre Haare.

KARIN Ich komm ja wieder. *Petra nickt.* Tschau. *Karin geht zum Plattenspieler, legt »In my room« auf, geht dann hinaus.*

PETRA *schluchzt hemmungslos; am Ende der Musik* Ich bin so dumm. So dumm.

Black out.

Vierter Akt

Petra ist allein auf der Bühne, sie stolpert über einen Teppich etc., sie ist schon betrunken. Der Plattenspieler spielt »The great pretender« von den Platters. Sie singt mit, tanzt. Macht sich einen neuen Drink. Das Telefon klingelt. Petra rennt hin, nimmt ab.

PETRA *hoffnungsvoll* Hallo? Nein, hier ist nicht von Kant. *Sie schmeißt den Hörer hin, setzt sich auf einen Sessel, trinkt. Wieder klingelt das Telefon, schnell nimmt sie ab. Hoffnungsvoll.* Ja? Nein, nein, nein, nein. *Sie hängt ein.* Oh, ich hasse, hasse, hasse dich. Ich hasse dich. Ich hasse dich. Wenn ich nur sterben könnte. Einfach weg sein. Diese Schmerzen. Ich halts nicht aus. Ich ... ich ... ich kann nicht mehr. O Vater unser, dieses Dreckschwein. Dieses miese kleine Dreckschwein. Ich werds dir zeigen eines Tages. Ich mach dich so fertig. So fertig. Du sollst kriechen vor mir, du kleine Hure. Du sollst mir die Füße küssen. O Mann, ich bin so im Arsch. Lieber Gott, womit hab ich das verdient. Womit bloß. *Das Telefon klingelt.* Karin?! *Sie hängt ein.* Ich liebe dich doch. Sei doch nicht so gemein, Karin! O Scheiße, Scheiße. Ich brauch dich so sehr. Ruf doch an wenigstens, ruf doch bitte wenigstens an. Ich will wenigstens deine Stimme hören. *Sie weint, geht dann zur Bar, macht sich einen Drink.* Das kann dich doch nichts kosten, anzurufen. Einfach anrufen. Das kann doch nichts kosten. Aber die Sau denkt gar nicht dran. Das ist alles kalkuliert, alles kalkuliert. Die läßt mich warten, weil ... oh, das ist alles so schmutzig. Du ekelst mich an. Einfach eine kleine dreckige Nutte. Und ich lieb dich so sehr. Ich lieb dich so wahnsinnig. Wenn du wüßtest, wie das schmerzt. Oh, ich wünsch dir, daß es dir auch mal so geht. Ich wünsch dir, daß du auch mal so am Ende bist. Das sieht nämlich alles ganz anders aus. Du bist ja so dumm. Du bist strohdumm. Wir könntens so schön haben zusammen. So schön. Du wirsts schon noch kapieren eines Tages. Aber dann wirds zu spät sein. Viel zu spät. Glaub mir, ich werd mich rächen an dir.

Es klingelt an der Tür, Petra rennt hinaus.

GABI Mama! Ich wünsch dir alles Gute zum Geburtstag.
PETRA O Gabi!

Petra, die Tochter Gabi und Marlene kommen herein.

GABI Oma ist noch nicht da?
PETRA Nein.
GABI Ich hab dir so schrecklich viel zu erzählen.
PETRA Natürlich, Kind, natürlich. Marlene, mach uns eine Tasse Kaffee.
GABI Also, diesen Flug hättest du erleben sollen. Die Maschine hat so gewackelt. Mir ist ganz schlecht geworden. Ach Mama, ich hab dich so lang nicht gesehen. Liebe, liebe Mama. Vier Monate. Ist Karin nicht da?
PETRA Nein!

GABI Nein? Aber sie kommt doch noch? Oder?
PETRA Nein, ich glaub nicht, daß sie kommt.
GABI Na, macht nix. Ich hab sie eh nicht so besonders gern.
PETRA Nein?
GABI Ach weißt du, sie ist ja eigentlich doch ziemlich ... ziemlich gewöhnlich, nicht?
PETRA Nein, das ist sie nicht.
GABI Ist ja auch egal. Ach Mama, ich bin so unglücklich.
PETRA Unglücklich?
GABI Nein, eigentlich bin ich wahnsinnig glücklich. Ach ich weiß nicht, Mama. Es ist alles so schwierig.
PETRA Was ist denn, Kind?
GABI Mama – ich habe mich verliebt!
PETRA Du hast ... *Fängt wahnsinnig an zu lachen.* Nein, das ist zu komisch. Du hast dich verliebt.
GABI Ich finde deine Reaktion erschreckend, Mama. Ausgesprochen spießig, wirklich.
PETRA Verzeih, Kind, verzeih. Aber für mich warst du immer noch ein kleines Mädchen. Ich werd mich dran gewöhnen müssen, daß du erwachsen wirst.
GABI Ja, bitte. O Mama.
PETRA Erzähl, Gabi, erzähl mir von deinem Freund, komm.
GABI Das ist es ja, Mama, er ist noch gar nicht mein Freund. Er weiß noch gar nichts davon, daß ich ihn liebe. Er ist so stur, du glaubst es gar nicht. Seit drei Wochen versuche ich, mit ihm zu flirten, und er schneidet mich richtig. Tut so, als gäbs mich gar nicht. Ach Mama, es ist so schrecklich.
PETRA Das gibt sich Gabi, glaub mir.

GABI O Mama, er ist so schön. Du kannst dir gar nicht vorstellen, wie schön er ist.
PETRA Doch. Er ist sehr groß, schlank, hat lange blonde Haare und sieht ein ganz klein wenig aus wie Mick Jagger.
GABI Woher weißt du das?
PETRA Ah – das verrat ich nicht.
GABI O Mama, du bist so klug. Ich hab die klügste Mutter auf der Welt.

Das Telefon klingelt, Petra springt auf, rennt hin, nimmt ab.

PETRA Ja? Nein!!! *Sie hängt ein, setzt sich auf den Sessel, der neben dem Telefon steht, schluchzt.*
GABI Mama, Mama. Wer war das denn? *Petra weint.* O Mama, Mama, sag doch was, was ist denn los? *Weint mit.* Wein doch nicht, Mama, was ist denn passiert?
PERA Nichts, Gabi, nichts. Hör auf zu weinen. Es ist wirklich nichts passiert. *Schluchzt wieder, steht dann auf, geht zur Bar, macht sich einen Drink, Marlene kommt mit dem Kaffee herein, Mutter und Tochter verbergen ihre Tränen. Aber Marlene merkt trotzdem, daß was nicht stimmt und bleibt stehen.* Du kannst dich jetzt um den Kuchen kümmern und die Schlagsahne. *Marlene bleibt stehen – Petra schreit.* Du sollst hier verschwinden und dich um den Kuchen und die Schlagsahne kümmern, oder hörst du schlecht? Verschwinde!! *Marlene geht hinaus.*
GABI Warum behandelst du sie denn so schlecht, Mama?

PETRA Weil sie es nicht besser verdient und weil sie es auch gar nicht anders haben will. Sie ist glücklich dabei, verstehst du?

GABI Nein.

PETRA Ach was. Man braucht sich um Bedienstete keine Gedanken zu machen.

GABI Ich will an deinem Geburtstag nicht streiten mit dir, Mutter, aber du sollst doch wissen: ich bin in diesen Sachen ganz und gar nicht deiner Ansicht.

PETRA Auch recht. Kinder sollen ja wohl eigene Gedanken entwickeln. So nennt man das doch heute, oder nicht?

Es klingelt. Petra will zur Tür rennen, aber Gabi kommt ihr zuvor.

GABI Ich mach schon auf. Laß nur. *Petra ist sehr gespannt und hoffnungsvoll. Gabi kommt zurück.* Darf ich melden, Baronin Sidonie von Grasenabb.

Petra wendet sich ab, einen Moment hat man das Gefühl, sie würde das Glas, das sie in der Hand hat, zerdrücken, aber sie fängt sich in dem Moment, als Sidonie zur Tür hereinkommt, wieder.

SIDONIE Petra! Gute!

PETRA Sidonie!

SIDONIE Alles Gute zum Geburtstag. Von Herzen, Petra. *Gibt ihr ein Geschenk.* Machs später auf. Was macht die Schule, Gabi?

GABI Es reicht aus, Tante Sidonie.

SIDONIE Ich meine auch, genügend genügt.
PETRA Marlene! Noch eine Tasse, rasch!
GABI Ich finde, Mama behandelt Marlene schlecht, du nicht?
PETRA Gabi!
SIDONIE Ich glaube auch, Gabi, du bist noch nicht alt genug, um über das Verhalten deiner Mutter urteilen zu können.
GABI Na schön, bin ich eben still.
SIDONIE Liebste! Wie geht es dir?
PETRA Wie solls schon gehn. Gut.

Marlene bringt eine Tasse für Sidonie.

SIDONIE Danke. Erzählt doch. Ich hab von deinem Erfolg in Mailand gelesen. Herzlichen Glückwunsch.
PETRA Weißt du, mich langweilt die ganze Scheiße. *Gabi lacht.*
SIDONIE Lach nicht.
PETRA Laß sie doch lachen.
SIDONIE Bitte. Deine Mutter sagt, du sollst lachen.
PETRA Weißt du, mir hängt der ganze Job zum Hals raus. Immer Zeug entwerfen und rumfahren und Angst haben, obs ankommt. Und immer das gleiche. Und wofür?
SIDONIE Ganz einfach. Weil man leben muß, Petra. Und weil man arbeiten muß, wenn man Geld verdienen will, und weil man Geld braucht, wenn man lebt.
PETRA Eben. Früher, da hab ich noch Spaß gehabt an

der Arbeit. Aber das hat mich verbraucht. Aus. Finito. *Schreit.* Den Kuchen!! Die hats drauf angelegt, mich zu ärgern.

SIDONIE Das glaub ich nicht, Petra.

GABI Wenn sies nur täte.

SIDONIE Gabi! Das muß doch nicht sein.

Marlene kommt mit dem Kuchen herein. Stellt ihn auf den Tisch, geht hinaus. Eine leicht peinliche Pause ist im Entstehen begriffen.

SIDONIE Hast du was von Karin gehört?

PETRA Von Karin? Nein, und du?

SIDONIE Ja. Ich weiß, daß sie einen Job bei Pucci hat.

PETRA Ach, bei Pucci?

SIDONIE Ja, ja. Ist sehr begabt, das Mädchen. Wird Karriere machen. Da bin ich sicher.

PETRA Begabt? Die ist nicht begabt, Sidonie, die weiß sich zu verkaufen.

SIDONIE Ich weiß nicht, Petra, ob du ihr da nicht Unrecht tust. Vielleicht urteilst du zu subjektiv in diesem Fall. Sie ist übrigens heute in Köln.

PETRA Sie ist? ... Oh, du bist ja ausgezeichnet informiert, Liebste. Wirklich.

SIDONIE Ich will ehrlich sein, Karin hat mich angerufen heute früh, sonst hätte ich natürlich auch keine Ahnung.

PETRA Hast du ...

SIDONIE Ich *habs* ihr gesagt, daß du Geburtstag hast, natürlich, Liebste. Sie sagte auch, daß sie versuchen würde, auf einen Sprung vorbeizukommen, aber es sei ganz ungewiß, sie hätte schrecklich viel zu tun. Tja …

PETRA Sie hat schrecklich viel zu tun? O ja, ich weiß. *Sie geht zur Bar, Sidonie steht auf, geht zu ihr.*

SIDONIE Trink nicht so viel. Du mußt aufpassen auf dich, Petra, man rutscht ja so leicht aus auf dieser Welt.

Es klingelt. Sidonie und Petra starren wie versteinert auf die Tür, Gabi rennt hinaus, kommt mit Petras Mutter zurück.

VALERIE Ach, Petra, verzeih. Ich hab und hab kein Taxi bekommen. Herzlichen Glückwunsch zum Geburtstag. Kommt noch jemand?

PETRA Nein!

VALERIE Ach, dann laß uns doch nett zusammensitzen. Sidonie, mein Kind, du wirst immer jünger.

SIDONIE Grüß dich, Tante. Das kommt, wenn man glücklich ist, das ist ganz einfach.

VALERIE Mich bringt der Verkehr in dieser Stadt noch um. Wirklich. Was macht die Schule, Gabriele?

GABI 'S geht.

VALERIE Habt ihr gezankt?

GABI Man hat mir verboten zu sprechen, Oma.

SIDONIE Aber das ist doch gar nicht wahr, Gabi.

GABI Ihr habt mir doch verboten, daß ich eine Meinung habe, oder nicht?

SIDONIE Kein Mensch hat dir was verboten, das ist einfach gelogen.

GABI Natürlich habt ihr mir verboten, was zu sagen.

SIDONIE So ein schreckliche Kind.
VALERIE Beruhigt euch doch, Kinder. Laßt uns doch nett sein zusammen.

Petra schmeißt ihr Glas an die Wand. Marlene kommt hereingelaufen. Räumt dann die Scherben weg.

VALERIE Petra!
PETRA Ihr ekelt mich alle so an.
SIDONIE *steht auf* Ich bitte dich!
VALERIE Setz dich, bitte. Was ist dir denn, mein Kind?
PETRA Ihr seid alle so verlogen, kleine miese verlogene Schweine. Ihr habt ja alle keine Ahnung.
GABI Mama!
PETRA Du bist ein widerliches Kind. Ich hasse dich. Ich hasse euch alle.
GABI O Mama, Mama.
PETRA Faß mich nicht an. Marlene, mach mir einen Gin-Tonic. Wenn ihr wüßtet, wie dreckig ihr seid. Prost! Lauter kleine Schmarotzer.
VALERIE Was hat sie denn?
SIDONIE Die Arme.
PETRA Ich bin nicht arm. Ich sehe euch nur mit neuen Augen. Und was ich seh, das läßt mich kotzen. *Sie schmeißt das Glas.*
VALERIE Hör doch auf! Du schmeißt noch die ganze Wohnung kaputt.
PETRA Na und? Hast du gearbeitet dafür? Du hast in deinem ganzen Leben noch keinen Finger krumm gemacht. Du hast dich erst von Vater aushalten lassen und dann von mir. Weißt du, was du bist für mich?

Eine Hure, Mutter, eine dreckige, elende, miese Hure.
VALERIE O Petra, Petra!

Petra schmeißt den Kaffeetisch um.

GABI Mama.
PETRA Was ich mir erarbeitet habe, das schmeiß ich kaputt, solang ich will. Ist das klar, oder nicht?
VALERIE Ich versteh nichts, gar nichts. Was haben wir dir denn getan?
SIDONIE Alles wegen dem Mädchen.
VALERIE Wegen was für einem Mädchen denn?
SIDONIE Wegen Karin.
VALERIE Wegen Karin? Was ist denn mit Karin?
SIDONIE Das weiß doch jeder, daß Petra verrückt nach Karin ist.
PETRA Verrückt? Ich bin nicht verrückt, Sidonie. Ich liebe sie. Ich liebe sie, wie ich nichts geliebt habe in diesem Leben.
VALERIE Du liebst sie? Liebst ein Mädchen? O Petra, Petra.
PETRA Dies Mädchen ist am kleinen Finger mehr wert als ihr alle zusammen. O Karin, Karin.
GABI Mama, bitte, Mama.
PETRA Geh weg, du Scheusal. Gin-Tonic, Marlene. Zehn Gin-Tonic.
VALERIE Meine Tochter liebt ein Mädchen. Ein Mädchen, meine Tochter! O Gott, wie schrecklich.

Das Telefon klingelt und Petra rennt hin.

PETRA Karin?! *Hängt ein.* O nein, nein, ich halts nicht aus. Ich halts nicht aus. Ich will alles kaputtschlagen, alles, alles.

SIDONIE Beruhige dich wieder, Petra.

PETRA Was willst du denn, du hast doch Spaß dabei. Gesprächsstoff für ein Jahr. Halt doch die Schnauze. Mir ist so schlecht. Mannomannomannomann.

SIDONIE Ich gehe jetzt. Ich muß mir das nicht gefallen lassen. Wirklich.

PETRA Geh doch. Hau doch ab. *Sie schiebt und schubst sie herum.* Meinst du, mir liegt was an dir? Ich will dich nicht mehr sehn in diesem Leben. Nie mehr, verstanden? Nie mehr.

SIDONIE Das wirst du mir büßen, Petra. Das hast du nicht ungestraft getan.

PETRA Ich werde gar nichts mehr büßen. Ich büße schon genug. Noch jemand, will noch jemand gehn? Die Tür ist auf. Haut doch ab. Haut doch ab, ich hab nichts mehr zu geben. Ich bin im Arsch. Gin, Gin, Marlene. Oder willst du auch verschwinden? Was gibts denn zu heulen für euch? Was denn? Ihr seid doch glücklich alle, alle glücklich. *Bricht zusammen.*

VALERIE Ach Kind. Armes, armes Kind.

PETRA Ich möchte sterben, Mama. Ich möchte wirklich sterben. Für mich gibts nichts auf dieser Erde, das lohnt zu leben. Der Tod ... da ist alles ruhig, alles schön. Und friedlich, Mama. Alles friedlich.

GABI Mama. Mama. Ich hab dich so lieb.

PETRA Man nimmt Tabletten, Mama, tut sie in ein Glas mit Wasser, schluckts hinunter und schläft. Es ist schön zu schlafen, Mama. Ich hab so lang nicht mehr geschlafen. Ich möchte schlafen, lange, lange, lange schlafen.

Black out.

Fünfter Akt

Petra sitzt auf einem Sessel, Marlene zeichnet an der Staffelei. Valerie kommt herein.

VALERIE Gabi schläft jetzt.

PETRA Ich werd mich wiederfinden, Mutter.

VALERIE Wo Schrecken ist, da ist der Mensch ganz klein. *Sie geht zur Bar, macht zwei Drinks, bringt einen davon Petra.*

PETRA Danke.

VALERIE Jetzt ungefähr vor fünfunddreißig Jahren bist du auf die Welt gekommen. Gabi hat einen Schock bekommen.

PETRA Ach Mutter, bitte.

VALERIE Das ist kein Vorwurf, Petra. Du sollst es nur wissen. Ich war an Vaters Grab, jemand hat Blumen draufgelegt. Ich weiß nicht, wer. Es ist schon zum zweitenmal passiert.

PETRA Ich hatte Angst, du verachtest mich wegen Karin.

VALERIE Ich weiß. Vielleicht hätt ich es sogar getan, wer weiß. Vor fünfunddreißig Jahren hats geregnet. Der Regen hat richtig ans Fenster geklopft.

PETRA Ich hab viel Angst, Mutter. Man ist so allein.

VALERIE Ich geh jetzt oft an Vaters Grab. Viel öfter als früher. Ich geh auch wieder in die Kirche.

PETRA Sogar die Arbeit hat mir keinen Spaß mehr gemacht, das letzte halbe Jahr. Und immer das Gefühl, mir platzt der Kopf vor Schmerzen.

VALERIE Man muß den Mut haben zu glauben. Jeder

braucht irgendeinen Trost. Jeder, Petra. Und ... Jeder ist einsam ohne Gott.

PETRA Nein, Mutter. Das ist kein Trost. Man muß lernen zu lieben, ohne zu fordern.

VALERIE Das ist dasselbe, Petra. Glaub mir.

PETRA Ich hab sie gar nicht geliebt. Ich hab sie nur besitzen wollen. Das ist vorbei. Jetzt erst fang ich an, sie zu lieben. Ich habe gelernt, Mutter, und es hat schr weh getan. Aber lernen, das müßte schon sein, das dürfte nicht quälen.

VALERI Du wirst gut sein müssen zu Gabi. Kinder sind so empfindlich.

PETRA Ich weiß.

VALERI Sie hat sehr geweint, bevor sie einschlief. Du mußt ihr die Möglichkeit geben, dich neu kennenzulernen.

PETRA Quäl mich doch nicht, Mutter. Was hast du denn davon?

VALERIE Man muß sagen können, was man weiß. *Das Telefon klingelt. Valerie nimmt ab.* Hier bei Petra von Kant. Wer? Einen kleinen Moment, bitte. *Sie hält den Hörer zu.* Karin.

PETRA *steht langsam auf, geht zum Telefon, nimmt den Hörer* Karin? Dankeschön. Gut, ja. Morgen? Ja. Im Tschang? O.k. Bis morgen. Tschau. *Sie hängt ein, bleibt stehen.* Du kannst jetzt gehn, Mutter. Ich hab mich beruhigt. Ich bin wieder friedlich. Ich ruf dich an.

Valerie nimmt ihre Sachen etc. Und geht wortlos hinaus. Nach einem Moment legt Petra ein Platte auf. Sie hört die Musik stehend an. Nach dem Ende der Musik:

PETRA Ich muß mich für vieles entschuldigen bei dir, Marlene. Wir wollen in Zukunft wirklich zusammenarbeiten, du sollst den Spaß haben, der dir zusteht. Du sollt glücklich sein können. *Marlene steht auf, geht zu Petra, vor ihr auf die Knie, will ihr die Hand küssen.* Nicht so. Setzen wir uns. *Sie setzen sich.* Erzähl mir aus deinem Leben.

Black out.

Tropfen auf heiße Steine

Eine Komödie mit pseudotragischem Ende

Personen

Leopold Bluhm
Franz Meister
Anna Wolff
Vera

Eines Tages war da irgendeine Sache, wo sie nicht gleicher Meinung sein konnten, eine kleine, unbedeutende Sache, eine Abweichung, aber von da ab gab es kein gemeinsames Wir mehr, nur noch Abweichungen.
Franz Pörtner

ERSTER AKT

Leopold Bluhms Wohnzimmer, nett eingerichtet. Es brennt Licht. Franz kommt herein.

LEOPOLD *ruft von draußen* Setzen Sie sich. Möchten Sie etwas trinken?
FRANZ *zu sich* Ich weiß nicht. *Er ruft zu dem Mann hinaus.* Ach ja, eine Kleinigkeit.
LEOPOLD Ich habe nichts zu essen da. Nur Getränke.
FRANZ Ja. Gerne. *Zu sich.* Ich weiß wirklich nicht.

Leopold kommt herein.

LEOPOLD Wie bitte?
FRANZ Ich weiß nicht, warum ich hier bin.
LEOPOLD Ach ja?
FRANZ Wirklich nicht.
LEOPOLD Gefällt es Ihnen hier?
FRANZ O ja. Reizend. Aber…
LEOPOLD Möchten Sie gerne eine Schallplatte hören?
FRANZ Doch sicher.
LEOPOLD Prost.
FRANZ Prost. Ich weiß wirklich nicht, warum ich mitgefahren bin. Ich versäume meine Verabredung.
LEOPOLD Wie alt sind Sie? Nein, lassen Sie mich raten. Neunzehn?
FRANZ Ja, das stimmt. Das heißt nein. Ich bin zwanzig. Ich hatte letzte Woche Geburtstag. Heute vor einer Woche. Verzeihung, ich hatte es schon wieder vergessen. Mit bedeutet das alles nichts.

LEOPOLD Nein? Für wie alt würden Sie mich schätzen?

FRANZ Fünfunddreißig, aber ich weiß wirklich nicht. Ich finde das alles gar nicht so wichtig.

LEOPOLD Fünfunddreißig. So alt hat mich noch nie jemand geschätzt.

FRANZ Aber es stimmt, nicht wahr?

LEOPOLD Ja, genau.

FRANZ Ich bin eigentlich verabredet heute abend. Anna wird verletzt sein. Komisch. Ich hatte mich so auf Anna gefreut.

LEOPOLD Wie sind Sie auf fünfunddreißig gekommen?

FRANZ Sie reden so, wie Leute reden, wenn sie so alt sind.

LEOPOLD Aber mein Aussehen? Sehe ich nicht jünger aus?

FRANZ Ja, doch. Gewiß, Sie sehen jünger aus.

Die Platte läuft. Es ist Herbie Manns »Summertime«.

FRANZ Sie haben Herbie Mann. Ich mag ihn auch sehr.

LEOPOLD Alle Leute schätzen mich auf fünfundzwanzig, höchstens achtundzwanzig.

FRANZ Das glaub ich gern.

LEOPOLD Obwohl es mir eigentlich ganz egal ist.

FRANZ Ach ja? Sagen Sie, warum haben Sie mich angesprochen? Ich weiß nicht, Sie haben mich richtig überrumpelt. Mir ist das noch nie passiert, daß jemand einfach...

LEOPOLD Sie haben dicke Beine, nicht?

FRANZ Wie bitte? – Ja, ich habe früher viel Fußball gespielt.

LEOPOLD Sie schwimmen sicher gerne. Ja? Ich schwimme auch sehr gern.

FRANZ Ich weiß nicht, vielleicht... Anna ist bestimmt sehr verletzt. Ich bekomme sicher eine Szene.

LEOPOLD Sie haben braune Augen?

FRANZ Ja.

LEOPOLD Ich mag braune Augen, mehr als blaue, oder grüne.

FRANZ Das freut mich. Haben Sie noch mehr Jazz?

LEOPOLD Was? Ach so, die Platte. Nein, das ist die einzige. Die Giraffe auf dem Umschlag hat mir so gut gefallen.

FRANZ Fahren Sie mich wieder in die Stadt hinein? Es ist ziemlich weit draußen hier.

LEOPOLD Natürlich. Wenn es Zeit ist.

FRANZ Vielleicht gehe ich dann zu Anna nach Hause. Wissen Sie, Anna und ich, wir wollen nämlich heiraten. Wir suchen nur noch eine Wohnung. Wenn das bloß nicht so schwierig wäre. Sie haben hier eine ganz hübsche Wohnung.

LEOPOLD Mir gefällt es eigentlich nicht so hier. Ich finde, es ist alles doch ziemlich provisorisch.

FRANZ Aber es ist doch ziemlich weit draußen. Haben Sie noch andere Zimmer?

LEOPOLD Ja, das Schlafzimmer. Wollen Sie es mal sehen?

FRANZ Ach ja, gerne.

Sie gehen nach nebenan. Von dort.

LEOPOLD Es ist halt ziemlich klein hier. Aber hier wird ja auch nur geschlafen und...
FRANZ Ja. Natürlich.

Sie kommen zurück.

LEOPOLD ... und gelegentlich auch anderes. Aber dafür ist es ja egal, wie groß der Raum ist. Wichtig ist da nur das Bett, nicht?
FRANZ Ja, da haben Sie völlig recht.
LEOPOLD Natürlich habe ich da recht.
FRANZ Trotzdem wäre ich sehr froh, wenn wir so eine Wohnung finden würden. Sie haben nicht vor, auszuziehen?
LEOPOLD Nein, wie kommen Sie darauf?
FRANZ Das war ein Scherz. Verzeihung.
LEOPOLD Aber nein. Sie brauchen sich nicht zu entschuldigen. Ich habe Sinn für Humor. Was sind Sie eigentlich von Beruf?
FRANZ Ich habe noch keinen Beruf.
LEOPOLD Aber Sie müssen doch von irgendwas leben.
FRANZ Ja. Natürlich muß ich von was leben. Ich möchte Schauspieler werden, oder sowas ähnliches. Irgendwas halt, das mit Kunst zu tun hat.
LEOPOLD Wie interessant. Ich sage mir immer, man muß versuchen, auf einen grünen Zweig zu kommen. Was glauben Sie denn, was ich mache?
FRANZ Das kann ich wirklich nicht sagen. Vielleicht sind Sie Kaufmann oder sowas ähnliches.
LEOPOLD Ja, im Moment verdiene ich gut. Aber das war nicht immer so. Ich hab mich auch erst hochrap-

peln müssen. Es ist gar nicht so einfach, bis man das gefunden hat, was einem wirklich liegt. Wo man es wirklich zu etwas bringt.

FRANZ Ja, Sie fahren einen guten Wagen.

LEOPOLD Ja. Ich hab ihn mir gekauft, weil er auf die Kunden seriös wirkt. Sie glauben gar nicht, wie sehr die Leute auf solcher Äußerlichkeiten fliegen.

FRANZ O doch.

LEOPOLD Ich bin viel unterwegs. Ich muß sehr viel tun. Ich will es zu etwas bringen.

FRANZ Bei mir wird das noch eine ganze Weile dauern, bis ich mal verdiene. Ich finde das für mich auch gar nicht so wichtig. Ich lese viel und gehe ins Theater.

LEOPOLD Früher bin ich auch oft ins Theater gegangen. Ich hab auch viel gelesen. Sie werden es nicht glauben, aber ich wollte auch mal Schauspieler werden.

FRANZ Warum sollte ich das nicht glauben.

LEOPOLD Aber es dauert so lange, bis man es da zu was gebracht hat und halbwegs gut verdient. Trinken Sie doch, ich hab noch eine ganze Flasche draußen. Wissen Sie, es ist schon angenehm, wenn man sich einen gewissen Luxus leisten kann. Schaun Sie, wenn man Geld auf der Bank hat, beispielsweise, kann man den Leuten doch viel sicherer gegenübertreten.

FRANZ Ja? Darüber habe ich noch nicht nachgedacht. Anna arbeitet in einer Versicherung. Sie verdient dort ganz gut, glaub ich. Ich weiß allerdings nicht, wieviel und so. Ich bekomme ein paar Mark von zu Hause. Man schlägt sich so durch. Ich bin außerdem ziemlich anspruchslos.

LEOPOLD Sie haben mich falsch verstanden. Ich habe auch keine hohen Ansprüche. Aber allein das Gefühl, daß man sie sich doch leisten könnte, wenn man wollte, ist doch sehr beruhigend. Ich habe meine Ansprüche, seit ich gut verdiene, sogar heruntergeschraubt. Ich bringe fast alles auf die Seite.

FRANZ Das wäre nichts für mich. Ich tue immer genau das, was ich tun möchte, solange das Geld reicht. Wenns weg ist, muß ich mich halt einschränken. Wenn ich mehr hätte, würd ich auch mehr ausgeben.

LEOPOLD Ach, wissen Sie, das ist nur eine Sache der Disziplin.

FRANZ Sind Sie nicht verheiratet oder verlobt?

LEOPOLD Leider nein.

FRANZ Wenigstens liiert?

LEOPOLD Ich war sieben Jahre mit einer Frau zusammen.

FRANZ Und wo ist sie jetzt?

LEOPOLD Ich weiß nicht. Ich habe mich von ihr getrennt. Sie hat sich meinen Ansichten nicht anpassen können. Ich habe sie schon sehr gemocht, aber sie wollte immer mehr als ich... ach! ... Es war alles ziemlich schwierig. Wie lange kennen Sie ihre Verlobte schon?

FRANZ Schon ziemlich lange. Fast drei Jahre. Wir haben uns in der Schule kennengelernt. Ich habe damals eine Abendschule gemacht, ich wollte das Abitur machen, da ist sie in meiner Klasse gewesen. Sie hat es bestimmt nicht leicht mit mir, ich bin ziemlich eigensinnig.

LEOPOLD Lieben Sie sie?

FRANZ Lieben? Ach wissen Sie, ich habe aufgehört, darüber nachzudenken, ob ich sie liebe. Wir gehören halt zusammen, das ist einfach so. Lieben, mein Gott.

LEOPOLD Aber was sagen Sie ihr? Frauen fragen doch immer, liebst du mich noch! Was sagen Sie ihr, wenn sie das fragt?

FRANZ Natürlich sage ich ja. Ich will meine Ruhe haben. Warum soll ich ihr meine Gefühle auseinandersetzen? Ich finde das gar nicht so wichtig.

LEOPOLD Sagen Sie, was finden Sie wichtig?

FRANZ Was ich...? Ich finde, mein Gott, Bücher, Theater, die Kunst halt. Ich weiß nicht, das ist eine komische Frage. Mein Gott, ich finde es schon wichtig, daß Anna mich liebt, daß wir halt zusammengehören.

LEOPOLD Aber wie ist das, was sprechen Sie mir ihr. Worüber unterhalten Sie sich?

FRANZ Worüber wir sprechen. Ja, ich versuche ihr klarzumachen, warum das Leben für mich lebenswert ist, oder warum nicht. Ich weiß nicht, das ist ganz verschieden bei mir, das hängt ganz von meiner Laune ab. Manchmal sitzen wir auch einfach so da, sprechen gar nichts. Man kann ja nicht immer sprechen, oder?

LEOPOLD Ich und meine Freundin, wir haben meistens zusammen geschlafen. Das hat gestimmt. Da konnte nicht viel schiefgehen. Wenn wir gesprochen haben – wir haben uns leicht gestritten. Wir haben gut zusammen geschlafen.

FRANZ Ich weiß nicht. Für mich ist das nicht so wichtig. Ich hab auch gar nicht so viel Spaß dabei. Meistens wenigstens nicht. Manchmal tu ichs bloß, weil ich meine, man tut das halt einfach ab und zu.

LEOPOLD Und ihre Freundin?

FRANZ Anna? Ich weiß nicht, ich – ich hab sie, glaub ich, nie gefragt, ob es ihr Spaß macht. Sie legt sich hin... vielleicht... ach nein, ich glaub schon, daß Anna Spaß hat dabei. Ich meine...

LEOPOLD Ich meine, stöhnt sie, oder sonstwas?

FRANZ Nein, sie ist immer ganz ruhig.

LEOPOLD Meine Freundin war da ganz anders. Die konnte nicht genug kriegen. Und dann war was los. Die hat gestöhnt und geächzt. Die hat viel Spaß dabei gehabt.

FRANZ Ach ja?

LEOPOLD Ja – aber es war alles so schwierig geworden. Wir brauchten bloß zwei-drei Sätze zu sagen, dann haben wir schon gestritten. Es war ziemlich unerträglich.

FRANZ Und warum?

LEOPOLD Ach, wissen Sie, ich habe so wenig Spaß an den Dingen, nicht nur Sex. Auch sonst. Am Anfang schon, wenn Dinge neu sind, da ist dann schon ein gewisser Reiz dabei, aber wenn der weg ist. Sie sehen so aus, als würden Sie das Leben genießen.

FRANZ Tu ich das? Vielleicht stimmt das auch. Ja, irgendwo stimmt das sicher. Ich kann sitzen, wo ich will, oder liegen, dann denk ich an Dinge, die ich mag, und mir geht es gut.

LEOPOLD Sie leben heute schon so, wie ich leben will, wenn ich das erreicht habe, was ich erreichen möchte.

FRANZ Das mag sein, aber jetzt...

LEOPOLD Wollen wir was spielen, Menschärgerdichnicht vielleicht?

FRANZ Ich weiß nicht, sie sprechen mich auf der Straße an, nehmen mich mit sich nach Hause, und dann wollen Sie Menschärgerdichnicht mit mir spielen. Warum?

LEOPOLD Weil man beim Spiel die Menschen am besten kennenlernt.

FRANZ Und warum wollen Sie mich kennenlernen?

LEOPOLD Weil Sie braune Augen haben und braune Haare und dicke Beine.

FRANZ Na gut, dann spielen wir halt Menschärgerdichnicht, obwohl...

LEOPOLD Ja?

FRANZ Ich meine, Anna, sie... Aber das ist ja jetzt auch egal.

LEOPOLD Spielen Sie gerne irgendwelche Spiele?

FRANZ Ja. Das kommt ganz darauf an, wann und was. Ich weiß nicht, ich meine, ich spiele gerne Schach und so.

LEOPOLD Schade. Ich kann leider nicht schachspielen. Ich hätte es immer gerne gelernt. Vielleicht bringen Sie es mir mal bei, bei Gelegenheit.

FRANZ Ja gerne, bei Gelegenheit.

LEOPOLD Welche Farbe möchten Sie?

FRANZ Schwarz. Ich nehme schwarz. Ich liebe schwarz. Ich ziehe mich auch immer ganz schwarz an.

LEOPOLD Das steht Ihnen übrigens gar nicht besonders gut. Sie müßten braun tragen. Braun – wie Ihre Haare.

FRANZ Ja? Also, wenn ich eine Wohnung hätte, ich würde mir in meinem Zimmer mindestens zwei Wände schwarz anstreichen.

LEOPOLD Meinen Sie nicht, daß Sie das auf die Dauer deprimiert? Also mich würde das krank machen, immer so eine schwarze Wand anstarren zu müssen. Fangen Sie an. Ich habe mir eine Menge Mühe gegeben, diese Wohnung hier halbwegs schick einzurichten. Ist fast alles selbst gemacht.

FRANZ Es ist Ihnen aber sehr gut gelungen. Fünf, drei, fünf. Wieder keine sechs. Sie kommen.

LEOPOLD Sechs, sechs, nochmal die sechs und vier.

FRANZ Ich habe schon lange nicht mehr Menschärgerdichnicht gespielt. Zum letzten Mal mit meiner kleinen Cousine. Mein Gott, das ist schon sechs Jahre her. Endlos. Wieder keine sechs.

LEOPOLD Ich hab schon den Dritten draußen. Sie müssen sich anstrengen. Ist Ihnen kalt?

FRANZ Nein.

LEOPOLD Ich könnte die Heizung anmachen.

FRANZ Nein, mir ist wirklich nicht kalt. Mein Gott, das wird und wird nicht.

LEOPOLD Glauben Sie an Gott?

FRANZ Nein.

LEOPOLD Ich auch nicht. Es kommt mir immer komisch vor, daß es da oben noch jemanden geben soll. Aber man kann ja nie wissen.

FRANZ Nein, man kann nie wissen.

LEOPOLD Sie essen sicher sehr gerne?

FRANZ Ach ja. Das kommt darauf an. Manchmal schon.

LEOPOLD Ja, das hab ich mir gleich gedacht. Sie sehen so aus, als würden Sie gerne essen: Eins, zwei, drei, tja, jetzt muß ich Sie leider rausschmeißen. Sie müssen nochmal von vorne anfangen.

FRANZ Ach, ist das mühsam.

LEOPOLD Sie rauchen sehr viel. Sie sollten auf ihre Gesundheit achten.

FRANZ Das sagen mir alle Leute.

LEOPOLD Sie sollten das wirklich tun. Hören Sie auf die Leute. Es ist wirklich nicht sehr gesund, so viel zu rauchen.

FRANZ Es macht mir aber Spaß.

LEOPOLD Kauen Sie an den Fingernägeln?

FRANZ Manchmal. Ich bin sehr nervös.

LEOPOLD Wenn Sie weniger rauchen würden, wäre das auch gut für Ihre Haut. Das Nikotin schadet der Haut.

FRANZ Es macht mir aber Spaß.

LEOPOLD Bums. Wieder einer draußen.

FRANZ Verdammt, ich mag nicht mehr. *Er wirft die Steine um.* Verzeihung.

LEOPOLD Sie verlieren nicht gern?

FRANZ Nein, im Heim oder wo auch immer, wenn ich oder meine Mannschaft verloren habe, dann bin ich ganz hysterisch geworden. Wenn ich verliere, hat das Spielen für mich keinen Sinn.

LEOPOLD Sie sind im Heim gewesen?

FRANZ Ach ja. Das ist aber nicht so interessant.

LEOPOLD O doch. Ich interessiere mich sehr dafür. Ich hätte auch immer gerne in ein Heim gewollt, so mit vielen anderen Jungs zusammen. Aber meine Eltern haben mich nicht gelassen.

FRANZ Seien Sie froh. Ich habe immer sehr gelitten.

LEOPOLD Aber warum denn? Ich stelle es mir nur lustig vor.

FRANZ Lustig? Mein Gott, Sie haben ja gar keine Ahnung. Ich habe mich immer danach gesehnt, ein Zuhause zu haben, oder so.

LEOPOLD Und Ihre Eltern?

FRANZ Meine Eltern haben sich scheiden lassen, als ich fünf war, oder sechs.

LEOPOLD Ja, das hört man heut von vielen jungen Leuten, daß die Eltern geschieden sind.

FRANZ Meinetwegen. Aber die einzelnen reagieren doch verschieden darauf. Mich für mein Teil hat das alles sehr mitgenommen. Ich weiß nicht, mir wäre es lieber gewesen, wenn alles ganz anders gekommen wär.

LEOPOLD Mögen Sie Ihre Eltern?

FRANZ Meine Mutter. Ich mag meine Mutter schon sehr gerne.

LEOPOLD Das ist gut. Ich mag Burschen, die ihre Mutter mögen.

FRANZ Ich mag sie weniger als Mutter, mehr als Kameraden oder Freund. Wir haben ein ganz gutes Verhältnis.

LEOPOLD Wohnen Sie mit Ihrer Mutter zusammen?

FRANZ Nein. Meine Mutter hat nochmal geheiratet. Ich hab mich mit dem Mann nicht gut verstanden. Ich wohne im Moment ganz alleine, aber wenn Anna und ich eine Wohnung gefunden haben, dann, ich meine, dann wird das vielleicht so, wie ich mir das immer gewünscht habe. Wenn ich mal Kinder haben sollte, die sollen es anders haben, die sollen ein richtiges Zuhause haben.

LEOPOLD Mögen Sie Kinder?

FRANZ Nein. Eigentlich nicht. Ich weiß nicht, ich kann mit Kindern nichts anfangen. Sie gehen mir leicht auf die Nerven.

LEOPOLD Haben Sie schon mal mit Männern geschlafen?

FRANZ Wie kommen Sie denn jetzt darauf?

LEOPOLD Es interessiert mich.

FRANZ Nein. Im Heim, da war manchmal sowas, aber ganz unschuldig. So richtig mit Männern? Nein, wirklich.

LEOPOLD Erzählen Sie mal, wie das war, im Heim.

FRANZ Ich weiß nicht, wie ich Ihnen das erzählen soll. Ich find es auch ganz uninteressant für Sie.

LEOPOLD Mein Gott, einfach so, wie es gewesen ist.

FRANZ Na ja, wir haben da ein Zimmer zu viert gehabt, und manchmal nachts, ganz plötzlich, ohne daß was ausgemacht worden wäre, mein Gott, ich find das wirklich nicht so wichtig.

LEOPOLD Ach bitte, erzählen Sie.

FRANZ Na ja, da ist dann einer zum andern ins Bett gestiegen. Meistens ist zu mir der Flaxer gekommen. Joachim Flaxer, ja, so hat er geheißen. Mein Gott, dann haben wir son bißchen rumgemacht, das ist immer ziemlich schnell gegangen.

LEOPOLD So mit der Hand. Sonst nichts?

FRANZ Einmal hat er mir einen Kuß gegeben. So richtig mit der Zunge und so. Aber mir ist ganz schlecht geworden. Ich weiß nicht, mir war das ziemlich unangenehm.

LEOPOLD Warum?

FRANZ Mein Gott, ich war ein Junge, und er war ein Junge. Mir ist das einfach komisch vorgekommen. Er hat es dann auch nie wieder versucht.

LEOPOLD Aber sonst?

FRANZ Sonst. Ach ja. Ich habe zweimal geträumt, meine Mutter hatte einen Mann geheiratet. Es war zweimal derselbe. Er sah gut aus, braun und schwarze Haare. Der kam zu mir ins Bett. Beide Male hatte ich, ich weiß nicht, wie ich das nennen soll, sonst nie.

LEOPOLD Wie war der Mann, hat er mit Ihnen gesprochen?

FRANZ Gesprochen? Nein, ich glaube nicht.

LEOPOLD Aber wie. Was hat er mit Ihnen gemacht? Wie ist es gekommen?

FRANZ Ich bin im Bett gelegen, dann ist er in mein Zimmer gekommen und hat den Mantel ausgezogen, komisch, er hatte einen Mantel an. Dann hat er das Jackett ausgezogen, dann die Hose. Ich hab nur zugeschaut und nichts gesagt. Dann die Unterhose und das Hemd.

LEOPOLD Was hat er für Beine gehabt?

FRANZ Was für Beine?

LEOPOLD Ja. Dünne oder dicke?

FRANZ Ich weiß nicht. Dicke wahrscheinlich. Wie ein Fußballer. Dann hat er das Hemd ausgezogen.

LEOPOLD Hatte er Haare auf der Brust?

FRANZ O ja, ein richtiger Urwald.

LEOPOLD Und?

FRANZ Dann ist er zu mir ins Bett gekommen, ich bin mir immer kleiner vorgekommen, fast wie ein Mädchen.

LEOPOLD Und dann?

FRANZ Mein Gott, er ist in mich rein, wie in ein Mädchen. Er hat sich einfach auf mich draufgelegt, als wär ich ein Mädchen, ich war dann wohl auch eins, im Traum.

LEOPOLD Und das zweite Mal?

FRANZ Das war genauso, glaube ich.

LEOPOLD Und dann, wollten Sies nie mit einem Mann versuchen, so richtig? Es hat Ihnen doch Spaß gemacht, im Traum.

FRANZ Nein. Ich hab nie an sowas gedacht. Warum?

LEOPOLD Ich sags Ihnen ganz ehrlich. Ich bin zwar jahrelang mit meiner Freundin zusammengewesen, aber ich hab zwischendurch auch immer mal mit Jungens geschlafen. Das ist meistens viel aufregender.

FRANZ Ich...

LEOPOLD Das ist ganz plötzlich gekommen bei mir. Ich bin beim Baden gewesen. Da hab ich einen Jungen gesehen, und da ist mirs durchs Hirn geschossen, den mußt du haben. Da hab ich ihn einfach angequatscht. Der hat auch gleich kapiert. Peter hat er geheißen, das weiß ich heute noch. Wir sind dann zu mir nach Hause gegangen. Zweiundzwanzig bin ich damals gewesen. Komisch, mir hat das viel besser gefallen als mit Mädchen.

FRANZ Vielleicht...

LEOPOLD Ich hab ihn noch ein paarmal wiedergesehen. Neulich hab ich ihn mal getroffen, mein Gott, ist der alt geworden. Aber das ist richtig, küssen lassen wollt ich mich auch nicht von ihm. Das kam mir damals ziemlich unnatürlich vor. Ist es aber gar nicht, es ist im Grunde genau das gleiche. Die alten Griechen...

FRANZ Ich weiß, die alten Griechen...

LEOPOLD Eben.

FRANZ Und wollen Sie jetzt mit mir schlafen?

LEOPOLD Warum nicht.?

FRANZ Ja. Warum eigentlich nicht! Warum eigentlich wirklich nicht? Haben Sie Beine wie ein Fußballer und Haare auf der Brust?

LEOPOLD Ein wenig.

FRANZ Und Sie werden mich auch küssen?

LEOPOLD Wenn ich darf. *Er umarmt und küßt ihn.* Ja?

FRANZ Meinetwegen. Mir ist ganz komisch. Wahrscheinlich habe ich zu viel getrunken, aber das macht nichts, morgen werde ich wieder klar sein.

LEOPOLD Du fühlst dich so weich an.

FRANZ Ja?

LEOPOLD Ja. Gut.

FRANZ Ich kann gut küssen, nicht wahr!

LEOPOLD Aber sicher, ja.

FRANZ Machen Sie das immer so?

LEOPOLD Manchmal.

FRANZ Ich bin ganz schön drauf reingefallen. Nicht?

LEOPOLD Zieh dich aus und leg dich drüben ins Bett, ich komm dann wie der Mann im Traum. Soll ich auch einen Mantel anziehen?

FRANZ Ja.

LEOPOLD Ich wasche nur noch die Gläser ab.

Vorhang.

ZWEITER AKT

Der gleiche Raum wie im ersten Akt. Franz ist alleine in der Wohnung. Er räumt auf. Stellt oder legt alles an seinen angestammten Platz. Er hat eine kurze Hose und ein weißes Hemd mir kurzen Ärmeln an.

FRANZ *singt*

Ich weiß nicht, was soll es bedeuten,
Daß ich so traurig bin,
Ein Märchen aus uralten Zeiten,
Das kommt mir nicht aus dem Sinn.
Die Nacht ist kühl und es dunkelt
Und ruhig fließet der Rhein...

Mein Gott ich weiß nicht... *Er geht vor den Spiegel.* Gefall ich ihm heute? Du mußt ihm einfach gefallen. Ach, es ist alles nicht so einfach.
Er singt.

I am just a lonely boy
Lonely and blue
But I am alone
And could nothing to do

Scheiße! Irgendwas fehlt noch. Aber was, aber was, aber was? Kommt er nun heute zurück oder nicht. Herrschaftszeiten, wie soll ich das wissen, bin ich Hellseher? Ich hab so einen komischen Traum gehabt heute nacht. Seltsam. Ich bin gelaufen, gelaufen, gelaufen. Aber warum?
Er singt.

Bist du einsam heut nacht
Wirklich einsam heute nacht
Bist du traurig und weißt nicht warum?

Irgendwas fehlt noch.
Irgendwas vergißt du immer. Du machst ihn nie ganz zufrieden. Ich möcht wissen, woher du das wissen willst. Er ist sehr glücklich mit mir. Ti! Denkste Puppe. Dann wär er ganz anders.
Aber...
Komisch, wie sich meine Gedanken beobachten.
Das hab ich doch schon mal irgendwo gehört?
Dejavu? Dejavu, dejavu, dejavu.
Komisch, irgendwoher kenn ich das.
Der Ofen. Mein Gott, ich habe den Ofen vergessen.
Hoffentlich wird er noch warm, bis er kommt.
Aber vielleicht kommt er gar nicht. Ach, da kann man auch nichts ändern. *Vor dem Spiegel.* Aber froh wärst du doch, wenn er käm.
Er singt. Summertime...
Er fährt ja doch immer wieder weg.
Er legt eine Platte auf. Händels »Hallelujah«.
Muß ich jetzt noch was machen?
Er setzt sich.
Ich weiß nicht, es ist alles so komisch.

Es klingelt. Er springt auf und rennt hinaus. Leopold kommt wortlos mit zwei Koffern herein. Setzt sich. Nach einer Weile.

LEOPOLD Ich bin müde.

FRANZ Natürlich. Natürlich bist du müde. Du bist ja eine ganze Strecke gefahren.

LEOPOLD Auch wenn ich nicht eine ganze Strecke gefahren wäre, könnte ich müde sein, oder?

FRANZ Natürlich. Du kannst immer müde sein, wann du willst.

LEOPOLD Ich weiß nicht, du bist schon schnippisch, wenn man nur sagt, man ist müde.

FRANZ Wieso? Ich bin kein bißchen schnippisch. Ich hab doch bloß gesagt...

LEOPOLD Ja, du hast immer bloß gesagt. Und wenn wir noch eine Weile reden, dann hast du wieder vollkommen recht – und ich bin im Unrecht.

FRANZ Aber es ist doch völlig uninteressant, wer recht hat und wer nicht. Es liegt mir gar nicht daran, recht zu haben.

LEOPOLD Dann würdest du dich doch nicht immer verteidigen.

FRANZ Ich mich verteidigen...

LEOPOLD Ach, sei ruhig. Ich hab Kopfschmerzen. *Nach einer Weile.* Ich hab Hunger.

FRANZ Ich mach dir was. Möchtest du auch was zu trinken?

LEOPOLD Ja. Meinetwegen.

FRANZ Tee oder Kaffee?

LEOPOLD Mach irgendwas, das ist mir ganz egal.

FRANZ OK. *Er geht hinaus.*

LEOPOLD Kannst du nicht ein bißchen leiser gehen?

FRANZ *in der Tür* Ich...

LEOPOLD Ich weiß, du bist überhaupt nicht laut gegangen. *Nach einer Weile.* Du könntest weiß Gott Hausschuhe anziehen, wo du genau weißt, mit Straßenschuhen macht man unheimlichen Krach.

FRANZ Ja. Natürlich. Entschuldige bitte.

LEOPOLD Du brauchst dich gar nicht so ironisch zu entschuldigen, du weißt wie ich, daß ich recht habe.

FRANZ Ich habe mich gar nicht ironisch entschuldigt. Ich habe das ganz ernst gemeint. Du hast ja recht.

LEOPOLD Natürlich habe ich recht.

FRANZ Natürlich.

LEOPOLD Du könntest weiß Gott lernen, die Dinge endlich richtig zu machen. Ich hab so wenig Spaß an den Dingen, daß ich weiß Gott nicht unbedingt mit jemandem zusammensein muß, der lauter Dinge tut, die ich um keinen Preis ertragen kann.

FRANZ Mein Gott, ich weiß nicht, dir paßt schon mal wieder alles nicht.

LEOPOLD Was heißt, mir paßt alles nicht. Ich habe dich nur in aller Ruhe gebeten, dir Hausschuhe anzuziehen, weil man mit Straßenschuhen soviel Krach macht. Das ist doch weiß Gott nicht zuviel verlangt.

FRANZ Nein. Ich hab mich ja auch entschuldigt dafür. Was willst du eigentlich mehr?

LEOPOLD Ja. Aber wie. Ach!... Laß mich in Ruhe, wenn du nur streiten willst mit mir.

FRANZ Ich will streiten mit dir? Ich? Ich könnte platzen vor Zorn, mir liegt nichts ferner, als mit dir zu streiten.

LEOPOLD Ja. Ist schon gut. Du hast recht und ich Unrecht.

FRANZ *kommt und versucht ihn zu umarmen* Leo.

LEOPOLD Ach, laß mich in Ruhe. Bitte!

FRANZ Gut. Das Essen ist fertig. Kommst du?

LEOPOLD Ach, mir ist der Appetit vergangen. Ich mag nichts mehr.

FRANZ Jetzt hab ich alles hergerichtet.

LEOPOLD Ja. Du hast alles hergerichtet. Das ist schön. Aber mir ist der Appetit vergangen. Ich kann nichts essen jetzt. Das ist doch zu akzeptieren oder nicht?

FRANZ Natürlich ist das zu akzeptieren. Ich sage ja gar nichts.

LEOPOLD Du hast aber was gesagt. Ach!... Ich hab einfach keinen Appetit mehr, können wir den Fall damit nicht erledigt sein lassen?

FRANZ Aber ja.

LEOPOLD Hast du Zigaretten?

FRANZ Ja. Verdammt, es ist nur noch eine drin. Nimm sie. Ich hol dann welche.

LEOPOLD Gut. Danke. *Nach einer Weile.* Du könntest wirklich darauf achten, daß Zigaretten im Haus sind, wenn ich nach Hause komme. Das ist doch nun wirklich nicht zu viel verlangt.

FRANZ Ich geh ja schon welche holen. *Er geht.*

Leopold zieht sich die Schuhe aus, den Anzug, und zieht den Hausanzug und seine Hausschuhe an.

LEOPOLD Das nimmt wirklich kein Ende. Immer ist irgendwas. Und eine Kälte ist hier. Mein Gott, er könnte doch wirklich den Ofen anmachen, daß es warm ist, wenn ich komme. *Er setzt sich.* Und diese verdammte Musik. Immer muß irgendsowas dudeln.

Franz kommt zurück. Er reicht ihm die Zigaretten hin.

FRANZ Da, bitte.
LEOPOLD Danke. Sag mal, muß dieser verdammte Apparat eigentlich immer spielen?
FRANZ Nein. Natürlich nicht. Ich hab ihn angemacht, als du noch nicht da warst. *Er schaltet den Plattenspieler aus.*
LEOPOLD Ich würde auch gleich die Platte runternehmen, sonst verstaubt sie völlig. Der Saphir ist sowieso schon lädiert.
FRANZ Das war er auch schon vor meiner Zeit.
LEOPOLD Vor deiner Zeit, vor deiner Zeit ist dieser Apparat nie oder nur äußerst selten gespielt worden. Als du hier eingezogen bist, konnte der noch gar nicht kaputt sein.
FRANZ Ok, ok.
LEOPOLD Warum ist es eigentlich so kalt hier? Muß das sein?
FRANZ Verzeihung, ich hatte vergessen, den Ofen anzumachen. Ich wußte ja auch gar nicht, ob du heute kommst.
LEOPOLD Du könntest den Ofen ruhig auch für dich allein anmachen. Dann würdest du dich weniger oft erkälten. Ich fände das ganz günstig, wo du genau weißt, wie anfällig ich bin für Erkältungen. Und wenn ich erkältet bin, dann taug ich nichts. Man steckt sich so leicht an, wenn man zusammen schläft.
FRANZ Du brauchst ja nicht mit mir zu schlafen.
LEOPOLD Franz. Hab ich gesagt, ich will nicht mit dir schlafen? Du weißt genau, wie gern ich mit dir schlafe.
FRANZ Ach!

LEOPOLD Mit dir kann man aber auch kein vernünftiges Wort reden. Immer bist du gleich beleidigt. Das sind doch alles nur Selbstverständlichkeiten. Ich verlange doch nichts Unbilliges von dir.

FRANZ Nein.

LEOPOLD Du könntest ruhig ein bißchen freundlicher sein, wenn ich mitten in der Nacht nach Hause komme. Du könntest mich fragen, wie es mir ergangen ist.

FRANZ Wie ist es dir ergangen.

LEOPOLD Ach!... Ich taug überhaupt nichts mehr. Es geht kein bißchen vorwärts. Ich bin immer so schrecklich nervös. Und dauernd habe ich irgendwelche Schmerzen. Dann freß ich Tabletten, und dann bekomm ich Magenschmerzen.

FRANZ Du solltest zum Arzt gehen.

LEOPOLD Ja, aber wann? Morgen ist Sonntag, und am Montag muß ich wieder weg.

FRANZ Am Montag schon?

LEOPOLD Natürlich, sonst hat es überhaupt keinen Sinn. Es ist alles so schwierig geworden. Ich verkauf überhaupt nichts mehr. Ich weiß auch nicht, ich hab den richtigen Kniff nicht mehr, seit ich dich kenne.

FRANZ Ach ja, seit du mich kennst.

LEOPOLD Ja. Seitdem bin ich immer so nervös. Dauernd muß man irgendwo hinhetzen. Ich habe keine ruhige Minute mehr, wo ich allein sein kann.

FRANZ Das find ich aber gar nicht.

LEOPOLD Ja. Du kennst mich hauptsächlich im Bett. Ich weiß nicht warum aber das klappt immer noch. Oder etwa nicht?

FRANZ O doch, im Gegenteil. Man könnte sichs gar nicht besser vorstellen.

LEOPOLD Du schläfst gern mit mir, stimmts?

FRANZ Ja. Das stimmt.

LEOPOLD Du hast viel Spaß dabei?

FRANZ Wie mans nimmt.

LEOPOLD Was heißt das, wie mans nimmt?

FRANZ Ja. Ich hab viel Spaß dabei.

LEOPOLD Ich schlaf auch gern mit dir.

FRANZ Wirklich?

LEOPOLD Ich möchte gar nicht mehr mit anderen schlafen. Ehrlich. Ich komme überhaupt nicht auf die Idee.

FRANZ Ich auch nicht. Mit Frauen nicht und auch nicht mir anderen Männern. Ich möchte keine Männer nach dir.

LEOPOLD Wieso nach mir? Wollten wir nicht immer zusammen bleiben?

FRANZ Immer ist ein langes Wort. Mein Gott, eines Tages wirst du einfach mit einem anderen ankommen und ich bin abgemeldet.

LEOPOLD Das ist doch Unsinn. Ich hab doch gesagt, ich komm gar nicht auf die Idee, mit anderen zu schlafen.

FRANZ Heute vielleicht noch nicht, aber eines Tages. Wenn ich daran denke, mag ich schon überhaupt nicht mehr. Ich muß oft daran denken.

LEOPOLD Da bist du selber schuld. Ich gebe dir wirklich keinen Anlaß für solche Gedanken.

FRANZ Was wohl nachher kommt?

LEOPOLD Mein Gott, es ist aber auch wirklich schwierig mit dir. Du kannst einem wirklich den Nerv töten.

FRANZ Ich bin ganz sauer.

LEOPOLD Aber warum denn, ich bin doch da.

FRANZ Ja. Du bist da.

LEOPOLD Aber?

FRANZ Am Montag fährst du wieder weg und dann wart ich wieder eine ganze Woche. Ich...

LEOPOLD Was hast du eigentlich die ganze Woche getan?

FRANZ Ach, wenn mans so überlegt, kaum was. Aber ich bin dauernd unterwegs gewesen. Ich weiß auch nicht, nichts klappt richtig. In die Schule bin ich gegangen, Wohnung hab ich gesucht...

LEOPOLD Hast du eine gefunden?

FRANZ Nein, es ist so schwierig.

LEOPOLD Was kann denn so schwierig daran sein, eine ganz gewöhnliche Mietwohnung zu finden?

FRANZ Du brauchst bloß die anderen Leute zu fragen, die auch Wohnungen suchen. Das ist verdammt schwer hier. Eine hab ich gesehen, die war sehr schön, die kostet aber auch 380 Mark.

LEOPOLD Das ist zu teuer. Und sonst?

FRANZ Sonst?

LEOPOLD Ja, was hast du sonst gemacht?

FRANZ Die Wohnung hab ich sauber gemacht hier, Gardinen gewaschen, Socken, den Boden geputzt und gebohnert.

LEOPOLD Er glänzt aber gar nicht.

FRANZ Ich hab ihn aber gebohnert. Das Holz ist zu rauh.

LEOPOLD Hast du nicht gespähnt?

FRANZ Nein. Ich habe nicht gewußt, daß man spähnen muß, ich werd ihn dann das nächste Mal spähnen. Ich weiß nicht, einen Job hab ich gesucht.

LEOPOLD Und?

FRANZ Ich hab einen gefunden.

LEOPOLD Ja? Was denn?

FRANZ In einem Verlag.

LEOPOLD Und was mußt du da machen?

FRANZ Das weiß ich selbst noch nicht so recht. Das wird sich schon noch rausstellen.

LEOPOLD Und was verdienst du da?

FRANZ Drei Mark die Stunde oder so. Aber ich kann kommen und gehen, wann ich will. – Mir ist nicht gut.

LEOPOLD Mir auch nicht. *Nach einer langen Pause.* Franz. *Pathetisch.* Ich hab einen umgebracht.

FRANZ Ja?

LEOPOLD Mein Gott, nicht so direkt. Einer von meinen Kunden hat sich erschossen. Der aus Ludwigshafen, du weißt schon welcher. Ich hab mich die ganze Woche gefragt, ob ich wirklich schuld bin. Ich bin ganz blöd geworden. Ich habe alle Leute angebrüllt. Ich hatte so komische Visionen, Teufel und Geister und alle haben so seltsam gegrinst. Verrückt. Ich hab mich gefragt, ob ich noch ich bin. Ich weiß nicht, ich bin mir ganz komisch vorgekommen, so, als wär ich jemand anders und würde mir zuschaun, bei allem, was ich tue. Und meine Gedanken, die gingen kreuz und quer. Wenn ich nun wirklich schuld bin an seinem Tod? Das ist ein dummes Gefühl, wenn man schuld ist an dem Tod von irgendjemand. Wenn jetzt die Polizei kommt, was soll ich denn dann machen? Was soll ich denen denn sagen? Alles ist so komisch, ich bin mir ganz verlassen vorgekommen, so einsam. In einer fremden Stadt, mir war so, als würden alle Leute wissen, daß ich einen umgebracht habe. Sag doch, was soll ich denn machen? Sag doch was!

FRANZ Wie ist das denn gekommen?

LEOPOLD Wie ist das denn gekommen, wie ist das denn gekommen. Ich hab ihm alles Geld abgenommen, dann wird er gemerkt haben, was er gemacht hat und...

FRANZ Da kann dich doch niemand verantwortlich machen. Das sind doch ganz reelle Geschäfte.

LEOPOLD Ja. Es kann mich niemand verantwortlich machen. Aber was ich mir selbst sage. Wenn man sich selbst wie ein Schwein vorkommt. Das war ein alter Mann, der hat seit dem Krieg gespart und das alles.

FRANZ Wenn dem das Geld so wichtig ist, daß er sich umbringt deswegen.

LEOPOLD Der hat nichts gehabt außer dem Geld. Keine Frau, keine Kinder.

FRANZ Was nützen denn nachträglich Gewissensbisse. Sowas muß man sich vorher überlegen.

LEOPOLD Du hast leicht reden. Wie soll ich denn sonst Geld verdienen. Wie denn. Sag doch mal. Setz deine Intelligenz doch auch mal für was Vernünftiges ein.

FRANZ Das weiß ich auch nicht. Ich weiß nur, daß es keinen Sinn hat, sich nachträglich Vorwürfe für etwas zu machen, für das man sich selbst entschieden hat.

LEOPOLD Aber irgendwas muß doch geschehen. Ich muß doch immerzu an diesen Kerl denken, wenn ich mit anderen Leuten verhandle. Ich kann keinen klaren Gedanken mehr fassen.
FRANZ Komm, du bist müde, laß uns jetzt schlafen.
LEOPOLD Ich kann jetzt nicht schlafen.
FRANZ Das wird schon alles irgendwie hinhauen.
LEOPOLD Ja. Irgendwie.
FRANZ Weißt du was, wir kennen uns heute genau ein halbes Jahr.
LEOPOLD Wirklich? Mein Gott!
FRANZ Wollen wir einen drauf trinken?
LEOPOLD Ja, laß uns einen drauf trinken.

Franz geht hinaus und kommt mit einer Flasche und zwei Gläsern zurück.

LEOPOLD Ich hab Angst, noch weiter zu verkaufen. Ich kann in Teufels Küche kommen.
FRANZ Aber nein. Das Geschäft ist doch ganz reell. Es ist nur unsicher, was die Leute verdienen. Was sie kaufen, ist die Chance.
LEOPOLD Ja. – Prost.
FRANZ Prost.
LEOPOLD Gut?
FRANZ Ja. Gut. *Sie umarmen sich.*
LEOPOLD Ich kann auch gut küssen, nicht?
FRANZ Oh, doch.
LEOPOLD Machen Sie das immer so?
FRANZ Manchmal.
LEOPOLD Sie haben mich ganz schön überrumpelt.

FRANZ Zieh dich aus und leg dich hin. Ich muß noch schnell die Gläser abwaschen, dann komm ich.
LEOPOLD Gut.

Vorhang.

Dritter Akt

1. Szene

Der gleiche Raum wie in den beiden ersten Akten. Es ist Montagmorgen. Franz sitzt allein und liest. Wieder hat er eine kurze Hose und ein weißes Hemd an. Draußen läuten Glocken. Leopold scheint noch zu schlafen. Franz steht auf und macht das Radio an, sucht, findet aber nichts Entsprechendes, macht das Radio wieder aus, setzt sich. Aus dem Nebenzimmer kommt Leopold im Schlafanzug.

LEOPOLD Bist du schon lange wach?
FRANZ Ja. Eine ganze Weile.
LEOPOLD Wie spät ist es denn?
FRANZ Zehn.
LEOPOLD Ich hab dich was gefragt.
FRANZ Ich hab doch gesagt, es ist zehn.
LEOPOLD Schon zehn? Warum hast du mich nicht geweckt?
FRANZ Du hast mir nicht gesagt, daß ich dich wecken soll.
LEOPOLD Mein Gott, schon wieder zehn. Ich schaff überhaupt nichts mehr. Ich muß spätestens um fünf wegfahren, sonst komm ich völlig fertig nach Mitternacht in Frankfurt an. Hast du mir Wasser aufgesetzt zum Waschen?
FRANZ Nein. Ich setz dir welches auf.
LEOPOLD Gut. Hast du noch irgendwo Zigaretten?
FRANZ Die müßten auf dem Tisch liegen.
LEOPOLD Ich kann sie nicht finden.

FRANZ *von draußen* Schau halt mal hinterm Telephon.
LEOPOLD Ach ja. *Er setzt sich.*
FRANZ Das Wasser muß gleich warm sein. Hast du Hunger?
LEOPOLD Noch nicht. Vielleicht, wenn ich mit Waschen fertig bin.
FRANZ Hast du gut geschlafen?
LEOPOLD Man kann überhaupt nicht richtig schlafen zu zweit auf dem Bett. Von überall zieht es rein. Hast du keine Idee, wie man das ändern könnte?
FRANZ Wir müßten halt eine Wohnung finden, wo es nicht so zieht.
LEOPOLD Du brauchst ja nur eine zu suchen.
FRANZ Ja. Ich weiß.
LEOPOLD Du weißt es, aber du findest keine. Ich kann das nicht verstehen. Du tust gerade so, als würde man keine Wohnung finden können.
FRANZ Suchen und finden ist ja nicht eins.
LEOPOLD Wenn du dich drum bemühen würdest, hättest du schon längst eine gefunden. Du brauchst dich nur drum zu bemühen.
FRANZ Ich werd schon eine finden. *Er geht hinaus.* Das Wasser ist fertig.
LEOPOLD Gut. *Er geht hinaus. Von draußen hört man Lachen, dann:* Komm, laß das jetzt, ich muß mich jetzt waschen.
FRANZ Schon gut. *Er kommt herein, geht zum Plattenspieler, legt Händels »Hallelujah« auf und stellt es auf vollste Lautstärke. Dann singt er mit.*
LEOPOLD *schreit von draußen* Mach das Radio aus.

Franz tut so, als habe er nichts gehört und setzt sich. Dann kommt Leopold, nur mit einem Handtuch um den Bauch, herein, geht zum Plattenspieler, stellt ihn ab und geht wieder hinaus.

FRANZ Arschloch. Dumme Sau. Blöder Hund. Wie kann man bloß so kleinlich sein. Es ist wirklich zum Kotzen. Ich hab bald keine Lust mehr. Ich weiß nicht, was hab ich denn davon? Ich weiß nicht, das beste wär, ich würd ausziehen.

Leopold kommt herein, mit langer Unterhose und Unterhemd bekleidet. Er geht zum Schrank, öffnet ihn, zieht sich an, weißes Hemd, Krawatte, Hose, Weste, Jackett; geht dann zum Schreibtisch, setzt sich.

FRANZ Ich hab ein Gedicht geschrieben für dich.

LEOPOLD Du, ich würds sehr gern lesen, aber ich habe jetzt keine Zeit. Ich muß diese blöde Rentabilitätsrechnung suchen und den ganzen anderen Kram.

FRANZ Natürlich.

LEOPOLD Was soll dieses bittere Natürlich? Ich muß in die Firma gehen, und da brauch ich den ganzen Kram. Es ist also überhaupt kein Grund, auch nur irgendwie beleidigt zu sein.

FRANZ Ich bin ja gar nicht beleidigt.

LEOPOLD Daß du nichts, was man sagt, unbeantwortet sein lassen kannst, auf alles hast du noch etwas zu sagen. *Nach einer Weile.* Du weißt auch nicht, wo diese blöde Berechnung hingekommen ist.

FRANZ Nein, ich weiß auch nicht, wo du diese blöde Berechnung hingetan hast.

LEOPOLD Natürlich nicht.

FRANZ Natürlich nicht.

LEOPOLD Wie könnte es auch anders sein. Wenn man Hilfe braucht, ist man immer ganz allein.

FRANZ Das ist ja lächerlich.

LEOPOLD Das ist gar nicht lächerlich. Das ist genauso wie ich es sage. Wenn es darauf ankommt, darf man alles allein machen.

FRANZ Wie du meinst.

LEOPOLD Das soll überhaupt kein Angriff gegen dich sein. Das ist nur ganz grundsätzlich gesehen. Sonst nichts.

FRANZ Hast du sie gefunden?

LEOPOLD Nein. Hier kennt man sich überhaupt nicht mehr aus. Alles ist durcheinander.

FRANZ Ich bin gar nicht an deinen Schreibtisch gekommen.

LEOPOLD Dann würde ich die Sachen ja finden. Ich hab sie ja früher auch gefunden. Ich weiß nicht, kein Stück liegt mehr an seinem Platz.

FRANZ Der Hut gehört auf den dritten Nagel und nicht auf den vierten.

LEOPOLD Blödsinn, was hat das mit meinem Kram zu tun? In meine Sachen muß ich mich doch auskennen.

FRANZ Ich sage ja, ich bin überhaupt nicht an deinen Sachen gewesen.

LEOPOLD Warum sagst du das so gereizt?

FRANZ Ich sage das gar nicht gereizt. Ich sage das nur, weils stimmt.

LEOPOLD Sag mal, kannst du mich nicht fünf Minuten in Ruhe lassen? Kannst du dich nicht für fünf Minuten drüben hinsetzen? Ich könnte dieses verdammte Ding längst gefunden haben, wenn ich nicht unentwegt dein Gerede anhören müßte.

FRANZ Ich brauch nicht bloß für fünf Minuten zu gehen, ich kann überhaupt gehen.

LEOPOLD Wie meinst du das?

FRANZ Wie ich es gesagt habe.

LEOPOLD Gut. Du willst also ausziehen?

FRANZ Sicher. Wenn es sein muß.

LEOPOLD Gut, dann pack deinen Kram, ruf ein Taxi und fahr gleich. Wir brauchen da gar nicht so lange Theater zu machen.

FRANZ Wenn du meinst. Bitte. Ich brauche meine Sachen nicht. Die kannst du ruhig behalten.

LEOPOLD Nein, nein, die nimmst du alle mit. Ich will von dem Zeug nichts mehr hierhaben.

FRANZ Gut. *Er geht zum Schrank und zieht sich um.*

LEOPOLD Und dann?

FRANZ Was dann?

LEOPOLD Ja. Dann sehen wir uns also gar nicht mehr.

FRANZ Wieso sollten wir uns dann noch sehen?

LEOPOLD Wie du willst. Na ja.

FRANZ Du möchtest dirs einfach machen. Mich erst los sein, und dann kommen, grade wenns dir paßt. Nein, mein Lieber. Ich hab dich sehr gern, aber was zu viel ist, ist zu viel.

LEOPOLD Warum eigentlich? Wir könnens doch ganz gut zusammen. Nur zusammen leben, das geht halt einfach nicht. Jetzt überleg dirs nochmal eine Woche, ob das nicht möglich ist. Wir werden das schon irgendwie hinkriegen.

FRANZ Ja. Wir werden das schon irgendwie hinkriegen. *Er zieht sich weiter an.*

LEOPOLD Warum ziehst du dich jetzt an?

FRANZ Weil ich gehe.

LEOPOLD Und wohin?

FRANZ Ach Gott, wohin, ich weiß nicht, wohin, das ist mir auch ganz egal.

LEOPOLD Du gehst ja doch nicht weg.

FRANZ Das werden wir ja erleben.

LEOPOLD Gut. Wie du willst. Und wo gehst du hin?

FRANZ Ich hab es dir ja gesagt, ich weiß nicht, wohin.

LEOPOLD Du mußt doch wissen, wo du hingehst.

FRANZ Ich finde es nicht sehr interessant für dich, wo ich hingehe.

LEOPOLD Na gut, auf Wiedersehen.

FRANZ Du scheinst dir gar nichts daraus zu machen, daß ich gehe, oder?

LEOPOLD Doch, aber du glaubst es ja doch nicht.

FRANZ Wie soll ich es denn glauben, wenn du dich einfach hinsetzt und überhaupt kein Interesse zeigst für die Dinge, die wichtig sind für mich.

LEOPOLD Ich habe einfach keine Zeit für andere Sachen als für meine Arbeit. Sonst bringe ich es nie zu was. Es geht sowieso kein bißchen vorwärts, immer nur rückwärts, es wird immer weniger.

FRANZ Da kann ich dir auch nicht helfen. *Er nimmt das Buch wieder.* Ich bin so fertig.

LEOPOLD Ich auch. – Was liest du da?

FRANZ Eines Tages war da irgendeine Sache, wo sie

nicht gleicher Meinung sein konnten, eine kleine, unbedeutende Sache, eine Abweichung, aber von da ab gab es kein gemeinsames Wir mehr, nur noch Abweichungen. *Er setzt sich auf einen Stuhl und weint.*

LEOPOLD Mein Gott, Burschi, es gibt doch wirklich keinen Grund zum heulen. Zeig mir halt dein Gedicht, ich les es ja gerne.

FRANZ Nein.

LEOPOLD Na gut, dann nicht. Sei aber jetzt bitte ruhig. Ich muß den Kram jetzt ordnen, da brauch ich meine Gedanken. *Nach einer Weile.* Gehst du nicht arbeiten heute?

FRANZ Scheiße.

LEOPOLD Ich meine ja nur, wenn man ein bißchen arbeitet, das beruhigt auch, meine ich. Ich will dich wirklich nicht zwingen zu arbeiten.

FRANZ Nein.

LEOPOLD Aber ich meine doch, du könntest auch ein bißchen dafür tun, daß es vorwärts geht.

FRANZ Mein Gott, mit den paar Mark, die ich verdienen kann.

LEOPOLD Ach ja, es ist zwecklos, mit dir zu reden. Das hat gar keinen Sinn. Du hast einfach kein Verhältnis zur Realität.

FRANZ Aber du.

LEOPOLD Ich weiß gar nicht, was du willst, in allem siehst du einen Angriff gegen dich und Vorwürfe. Ich mache dir nie einen Vorwurf.

FRANZ Nein, du machst mir nie einen Vorwurf.

LEOPOLD Nein. Gottseidank, jetzt hab ich sie endlich

gefunden, diese blöde Rentabilitätsrechnung. Hast du was zu essen gemacht für uns.

FRANZ Nein, aber ich mach schon was.

LEOPOLD Du brauchst aber nicht zu viel zu machen. Ich hab kaum Hunger.

FRANZ Ok.

LEOPOLD Stellst vielleicht ein bißchen Brot, Butter, Käse auf den Tisch. Vielleicht auch ein bißchen Honig.

FRANZ Ja, ja, ich mach das schon.

Das Telephon klingelt.

LEOPOLD Bluhm. Ja, bitte? Wer? Der ist da. Für dich. Telephon für dich. Komm schon. Eine Dame.

FRANZ Ja? Ach, du bists... Nein, mir gehts ausgezeichnet. Ja, das war er... Was? Heute? Ok., das geht... Wann? Nein, vielleicht ein bißchen später. Komm doch gleich hierher, die Adresse hast du ja... Ist was Besonderes? Na gut, bis dann. Tschau.

LEOPOLD Wer war das?

FRANZ Anna.

LEOPOLD Ach so, was will sie denn?

FRANZ Das weiß ich auch nicht, sie will mich halt sprechen.

LEOPOLD Kann sie das nicht per Telephon?

FRANZ Vielleicht ist was passiert. Vielleicht möchte sie mich auch einfach nur sehen.

LEOPOLD Na ja.

FRANZ Du hast doch hoffentlich nichts dagegen?

LEOPOLD Nein, was soll ich denn dagegen haben?

FRANZ Ich meine ja nur.

LEOPOLD Du meinst immer nur.

FRANZ Das Frühstück ist fertig. Kommst du?

LEOPOLD Nein. Bring mir bitte was rein. Aber nur eine Kleinigkeit, mir ist schon wieder ganz übel. Diese ewige Streiterei. Das kann einem wirklich auf die Nerven gehen.

FRANZ Meinetwegen brauchen wir wirklich nicht zu streiten.

LEOPOLD Ruf mal schnell in der Werkstätte an und frag, ob die mir schnell eine Zündkerze auswechseln können.

FRANZ Gut. Dreivierachtachteinssieben. Hallo? Hier Bluhm, sagen Sie, könnten Sie mir schnell eine Zündkerze auswechseln, wenn ich vorbeikomme? Wann? Wann, sag schon?

LEOPOLD In einer Stunde etwa, mein Gott.

FRANZ Also in einer Stunde etwa könnte ich kommen. Ich komme dann gleich dran, ja? Ja, danke.

Franz bringt ihm etwas zu essen.

LEOPOLD Gut. Mein Gott, du hast ja sogar Eier gekocht, du hättest dir wirklich nicht so viele Umstände zu machen brauchen. Du weißt doch genau, daß ich morgens keinen Appetit habe.

FRANZ Ich dachte, es ist jetzt schon eine ganze Weile her, seit du auf bist.

LEOPOLD Na ja, trotzdem. Ich mag morgens wirklich kaum was.

Vorhang

2. Szene

Franz sitzt allein im Zimmer, es ist dunkel, er weint, er schluchzt in sich hinein. Dann klingelt es.

FRANZ Die Tür ist auf.

Anna kommt herein, macht das Licht an und sieht Franz, läuft auf ihn zu, kniet nieder und umarmt ihn.

ANNA Franz. Was hast du denn. Du weinst ja richtig. Franz? *Sie küßt ihn.* Ich liebe dich, Franz. Ich liebe dich immer noch.

FRANZ Mein Gott, Anna, was soll das denn, du liebst mich, du liebst mich immer noch. Das hat doch keinen Sinn. Komm, mach mir eine Zigarette an. Draußen steht eine Flasche Gin, holst du sie bitte und zwei Gläser, die stehn daneben.

ANNA Ja, einen Moment.

Sie macht ihm eine Zigarette an und steckt sie ihm zwischen die Lippen, dann geht sie hinaus und kommt mit der Flasche und zwei Gläsern wieder. Sie gießt ein.

ANNA Prost, Franz. Auf uns.

FRANZ Ach, auf uns, Anna. Mit uns is nix mehr.

ANNA Warum nicht, Franz. Du bist doch nicht glücklich hier. Du sitzt im Dunkeln allein und weinst. Da stimmt doch was nicht.

FRANZ Das ist nicht wahr. Ich bin eigentlich schon glücklich. Ach, was heißt das überhaupt, glücklich.

ANNA Zufrieden, ruhig, so, wie wir es waren.

FRANZ Wir waren nie glücklich, Anna. Wir haben das nur geträumt. Glück, das ist etwas anderes. Ich könnte schon glücklich sein hier. Es war am Anfang alles so anders als mit uns, Anna. Aber vielleicht hab ich das auch nur geträumt.

ANNA Und dann?

FRANZ Dann? Ich weiß nicht, eines Tages war alles, was ich gesagt und getan habe, schlicht falsch. Ich konnte ihm nichts mehr recht machen.

ANNA Aber warum denn?

FRANZ Ach, laß mich doch mit deinen Fragen in Ruhe. Erzähl mir lieber was von dir.

ANNA Von mir gibts nicht viel zu erzählen. Bei mir ist alles so weiter gegangen. Fast alles.

FRANZ Fast.

ANNA Ja. Fast.

FRANZ Und was nicht?

ANNA Ach, Franz, ich hab einen Mann kennengelernt, und der will mich heiraten.

FRANZ Und warum hast du mich angerufen?

ANNA Ich wollte dich nochmal sehen und sprechen, bevor ich ja sage.

FRANZ Ach ja? Und warum?

ANNA Weil ich dich liebe und den nicht.

FRANZ Aber ich...

ANNA Sag nichts. Sag jetzt nichts. Überleg es dir noch einmal.

FRANZ Was solls denn da für mich zum Überlegen geben? Ich liebe den Leopold. Mehr kann ich nicht sagen.

ANNA Aber alles, was wir uns ausgemalt hatten, unsere Kinder und unser zuhause?

FRANZ Alles rosa Kuchen.

ANNA Nein, Franz. Das hätte alles so werden können, wenn du nicht...

FRANZ Ach, Anna, du träumst immer noch. Nimm dir den Mann, setz ihm Kinder in die Welt. Ich mach euch auch den Taufpaten.

ANNA Du bist grausam. Warum bist du grausam?

FRANZ Ich bin nicht grausam, Anna. Es ist nur so, wie ich sage.

ANNA Weißt du, daß wir uns heute genau vier Jahre kennen.

FRANZ O Gott, Anna. *Er lacht hysterisch.*

ANNA Was ist denn?

FRANZ Wir kennen uns vier Jahre heute. Wir müssen den Jahrestag feiern. Hör auf, Anna, das ist dumme Sentimentalität, sonst gar nichts.

ANNA Wir haben aber den Jahrestag sonst immer gefeiert.

FRANZ Ja? Ich hatte das schon vergessen. Das Leben, Anna, ist anders.

ANNA Wie du sprichst. Mein Gott, du bist so anders geworden.

FRANZ Du auch. Du hast dich zu deinem Vorteil verändert. Du siehst viel hübscher aus als damals, wirklich.

ANNA Ach, das sagst du nur so.

FRANZ Sag mal, hast du früher eigentlich Spaß gehabt, wenn ich mit dir geschlafen habe?

ANNA Natürlich habe ich Spaß gehabt.

FRANZ Viel Spaß?
ANNA Mein Gott, Franz, mal mehr, mal weniger.
FRANZ *steht auf, geht auf sie zu und umarmt sie* Ich mag dich immer noch.
ANNA Ich liebe dich.
FRANZ Ich auch, ich auch.

Vorhang

Vierter Akt

Anna und Franz sitzen wieder im gleichen Raum. Anna hat nur einen Unterrock an. Franz wieder seine kurze Hose und das weiße Hemd. Es ist zwei Tage später.

ANNA Was ist mit dir?
FRANZ Was soll mit mir sein?
ANNA Du bist so still.
FRANZ Ich weiß nicht, was ich sagen soll.
ANNA Dann sprechen wir darüber, wieviel Kinder wir haben werden. Fünf?
FRANZ Nein, drei. Mir reichen drei. Drei Kinder ist eine ganze Masse.
ANNA Und wie wollen wir sie nennen?
FRANZ Wir werden zwei Jungen haben, die heißen Leopold und Franz, Franz und Leopold.
ANNA Du mußt aufhören, an ihn zu denken.
FRANZ Im Moment sind wir noch in seiner Wohnung.
ANNA Ja. Aber heute packen wir deine Sachen und gehen.
FRANZ Wohin?
ANNA Mein Gott, wir werden uns ein Zimmer suchen fürs erste. Wir sagen einfach, wir sind jung verheiratet.
FRANZ Ja. Ein Doppelzimmer. Und was meinst du, bis wann wir uns gräßlich auf die Nerven gehen?
ANNA Wir werden uns immerzu küssen.
FRANZ Das Glück! Wir werden ein Taxi nehmen müssen, das Zimmer werden wir auch anbezahlen müssen. Hast du Geld?

ANNA Ja. Ein wenig.

FRANZ Ein wenig? Wieviel ist das?

ANNA Du hast dich doch früher nie um solche Sachen gekümmert. Es wird schon reichen.

FRANZ Wenn du meinst.

ANNA Ja, und dann werden wir uns eine Wohnung suchen.

FRANZ Wieder mal.

ANNA Ach, ich mach das schon. Und du liest wieder viele Bücher und gehst ins Theater und erzählst mir davon.

FRANZ Anna. Du stellst dir wieder alles traumhaft schön vor für dich. Nachher sieht alles ganz anders aus.

ANNA Aber warum denn?

FRANZ Mein Gott, ich muß endlich mal zu einem vernünftigen Beruf kommen. Mal richtig arbeiten.

ANNA Aber nein, es reicht doch völlig, wenn ich einer vernünftigen Beschäftigung nachgehe.

FRANZ Hast du dich eigentlich dort entschuldigt?

ANNA Ich habe Urlaub, noch zwei Wochen. Dafür hab ich den ganzen Sommer arbeiten müssen.

FRANZ Ja, und wir waren in Griechenland.

ANNA Aber das ist doch jetzt vorbei. Wir kommen auch nochmal zusammen nach Griechenland.

FRANZ Ja, sicher. *Nach einer Pause.* Aber wie mach ich das mit Leopold? Ich muß ihn doch nochmal sehen und ihm alles sagen.

ANNA Warum denn? Du schreibst ihm einen Brief, da schreibst du rein, daß alles schön und gut war, daß es aber leider nicht gegangen ist.

FRANZ Ja. Ich schreib ihm einen Brief. *Nach einer Pause.* Aber wenn er dann kommt. Samstag nacht, dann ist es kalt hier, und er ist ganz allein.

ANNA Er hat es nicht anders gewollt.

FRANZ Ja, er hat es nicht anders gewollt.

ANNA Und jetzt ziehen wir uns an. Wir haben noch eine ganze Menge zu erledigen.

FRANZ Wart noch ein Weilchen. Ich möcht noch ein wenig sitzenbleiben.

ANNA Aber natürlich, bitte.

FRANZ Du brauchst nicht beleidigt zu sein. Es ist nur, weißt du, ich bin halt gerne hier gewesen.

ANNA Ich sage ja gar nichts. Ich kann das doch verstehen.

FRANZ Weißt du, es fällt mir schon schwer, so einfach wegzugehen. Allein hätt ich das nie geschafft.

ANNA Aber jetzt sind wir ja zusammen, wir werden das schon hinkriegen.

FRANZ Ja, wir werden das schon hinkriegen.

ANNA Was hast du jetzt nur wieder? Wir hatten doch alles so schön besprochen.

FRANZ Es bleibt ja auch dabei. Ich möchte nur noch ein Weilchen hier sitzen. Und träumen. Ist das zuviel verlangt?

ANNA Nein, ich hab ja gar nichts dagegen.

FRANZ Weißt du, ach...!

ANNA Was?

FRANZ Ich hab ihn schon sehr gerne. Ich weiß nicht, ich liebe ihn, glaube ich, schon sehr, aber...

ANNA Eben. Auf die Dauer ist das doch nichts Richtiges.

FRANZ Legst du eine Platte auf?
ANNA Was denn?
FRANZ Händels »Hallelujah«.
ANNA Natürlich. *Sie legt die Platte auf.* Mein Gott, Franz, du weinst ja wieder.
FRANZ Nein.
ANNA Du mußt darüber hinwegkommen. Du mußt ihn einfach vergessen.
FRANZ Einfach vergessen? Ich weiß nicht, wie du das meinst. Du weißt nicht, was du sagst. So einfach vergessen? So einfach ist das nicht.
ANNA Aber es muß sein. Wir müssen jetzt ganz von vorne beginnen. Wir müssen ganz neu anfangen.
FRANZ Anna, ich weiß nicht…

Es klingelt.

ANNA Wer kann das sein, jetzt?
FRANZ Ich weiß auch nicht. Vielleicht der Hauswirt.
ANNA Soll ich was anziehen?
FRANZ Nein, wir wollen ja doch weggehen. Die Tür ist auf.

Leopold kommt herein und hinter ihm Vera.

ANNA O Gott!
LEOPOLD Was haben Sie denn, Mädchen? Ist was passiert?
ANNA Aber nein, wirklich nicht.
FRANZ Du kommst heute schon?
LEOPOLD Du freust dich? Willst du mich nicht vorstellen?

FRANZ Aber sicher. Das ist Herr Bluhm, Anna, und das ist Anna, ich habe dir von ihr erzählt.

ANNA Guten Tag. Wir sind gerade dabei auszuziehen.

LEOPOLD Was Sie nicht sagen. Guten Tag. *Zu Vera.* Liebste, das ist Franz, ich habe dir kurz von ihm erzählt.

VERA Nein.

LEOPOLD Nein? Nun ja, auch das macht nichts. Das, Franz, ist Vera. Dir habe ich aber sicher von ihr erzählt.

FRANZ Muß wohl so sein. Grüß Gott.

VERA Guten Tag.

LEOPOLD Setzt euch alle. Machst du einen Kaffee, Franz?

FRANZ Natürlich.

ANNA Ich ziehe mir vielleicht doch besser etwas an.

LEOPOLD Das ist aber wirklich nicht nötig. Sie sind auch so ein hübscher Anblick.

ANNA Ja? Daß Sie einen Blick dafür haben.

LEOPOLD Warum nicht?

ANNA Ach, ich meine nur.

LEOPOLD Franz wollte ausziehen?

ANNA Ja, wir werden heiraten.

LEOPOLD Ja? Meinen Sie, daß Franz geeignet ist für eine Ehe?

ANNA Warum nicht?

LEOPOLD Ach, ich meine nur.

VERA Warum hast du mich eigentlich hierher gebracht?

LEOPOLD Später, Liebste, später. Sagen Sie, Fräulein Anna, lieben Sie Franz?

ANNA Warum sollte ich ihn nicht lieben?

LEOPOLD Er ist noch sehr jung.
ANNA Und? Ist das ein Grund, ihn nicht zu lieben?
LEOPOLD Aber nein, natürlich nicht. Im Gegenteil. Franz? Wird der Kaffee bald fertig?
FRANZ Noch einen kleinen Moment, bitte.
LEOPOLD Siehst du, Vera, hier lebe ich.
VERA Aber nicht alleine.
LEOPOLD Du hast doch gehört, er will ausziehen. Dann sind wir ganz alleine hier.
VERA Wirklich?
LEOPOLD Ich hatte gedacht, er wäre schon weg.

Franz kommt mit dem Kaffee herein.

FRANZ Bitte.
LEOPOLD Danke. Bedient euch. Du willst ausziehen?
FRANZ Ja.
LEOPOLD Und warum erst jetzt?
FRANZ Warum nicht erst jetzt?
LEOPOLD Du wärst gegangen, so ganz ohne mich nochmal zu sehen? Das glaubst du ja selber nicht.
FRANZ Wer weiß.
LEOPOLD Ich weiß.
VERA Ich dachte, du hattest gedacht, er wäre schon weg.
LEOPOLD So irrt man sich, liebe Vera.
VERA So war das immer. Alles war anders, als du es versprochen hattest.
FRANZ Verzeihen Sie, Sie sind doch die Dame, die es sieben Jahre, das stimmt doch Leo, sieben Jahre, die es sieben Jahre mit ihm ausgehalten hat?

VERA Wenn es nach mir gegangen wäre, wir wären heute noch zusammen und hätten drei Kinder.

LEOPOLD Ja. Da sprichst du ausnahmsweise die Wahrheit. Am liebsten an Händen und Füßen gefesselt, Tag und Nacht immer bereit zum Anschauen und Anfassen, nicht wahr. Du hättest es doch auch so am liebsten, Franz. Nicht wahr?

VERA Du hast mich zum Wäschewaschen mitgebracht?

LEOPOLD Statt froh zu sein, mich überhaupt zu sehen, bringst du nichts fertig, als zu murren.

FRANZ Lassen Sie nur, gnädige Frau, ich ziehe mich an, und dann gehen wir. Anna?

ANNA Aber nein. Können wir nicht noch einen Moment sitzenbleiben? Ich finde die Situation schrecklich aufregend.

FRANZ Also, ich ziehe mich an. Ich gehe notfalls auch alleine.

LEOPOLD Franz? Was hast du denn? Sei doch froh, daß ich so schnell zurück bin.

FRANZ Wenn du wüßtest, wie froh ich bin, daß du so schnell zurück bist.

LEOPOLD Aber Burschi, du wirst doch nicht verletzt sein, weil ich Vera mitgebracht habe. Oder doch?

FRANZ Aber ganz im Gegenteil. Ich bin froh, die gnädige Frau endlich einmal kennenzulernen. Ich hatte nicht gehofft, jemals das Vergnügen zu haben.

ANNA Franz, du wolltest doch alles hinter dir lassen.

FRANZ Was lasse ich denn alles hinter mir? Ich weiß nicht, ihr seid alle so komisch, wie Marionetten, die sich nicht von selbst bewegen können, die von irgendwoher ganz komisch gelenkt werden.

LEOPOLD Franz liebt mich, Anna, ich darf Sie doch Anna nennen? Ja, im Grund ist er ganz verrückt nach mir. Aber ich finde das weniger seltsam, als du es findest, Franz, ich kann mich nicht mit einer Marionette vergleichen.

FRANZ Hast du gehört, Anna, ich bin ganz verrückt nach ihm. *Er schreit.* Sag ihm, wie verrückt ich nach ihm bin.

ANNA Oh, wir haben sehr gut miteinander geschlafen, zwei Tage, fast ununterbrochen. Wir haben sehr viel Spaß dabei gehabt, nicht, Franz?

LEOPOLD O ja, er hat eine ganze Menge gelernt von mir. Sie müßten mir eigentlich dankbar sein.

ANNA Oh, ich bin Ihnen dankbar. Und wie dankbar ich Ihnen bin. Nicht wahr, Franz, wie oft haben wir in den letzten Tagen festgestellt, wie sehr wir Herrn Bluhm zu Dank verpflichtet sind. Wie oft.

FRANZ Ununterbrochen.

VERA Leopold!

LEOPOLD Ja, mein Liebes?

VERA Ich will hier weg.

LEOPOLD Wart noch ein Weilchen, dann kommst du an die Reihe.

VERA Hoffentlich.

FRANZ Du hast dir hier ein schönes Spielchen ausgedacht.

LEOPOLD Leider, das ist mir ganz ungewollt geglückt.

FRANZ Wenn ihr mich allein hier angetroffen hättet, du und deine Freundin, ich finde, das wäre auch ein eindrucksvoller Spaß geworden.

LEOPOLD Aber so war es doch gar nicht gedacht. Ich wollte nur Spaß zu dritt.

ANNA Du wolltest das doch alles vergessen, Franz.

LEOPOLD Ach, wißt ihr, der Franz ist schon irgendwo ein lieber Kerl. Aber er hat ähnliche Fehler wie du, Vera.

VERA Du hättest mich ja gut dort lassen können, wo ich war.

LEOPOLD Vera, das sagst du doch ganz gegen deine Überzeugung, wir alle und ich im Besonderen, wir wissen doch, wie froh du bist, hier sein zu dürfen.

ANNA O ja, wir sind alle froh, hier sein zu dürfen. Nicht wahr, Franz. Nein wirklich, das ist meine ehrliche Überzeugung.

LEOPOLD Ich hätte nicht gewagt, daran zu zweifeln. Vera, kannst du mir bitte die Schuhe ausziehen?

VERA Gerne, wenn es unbedingt sein muß.

LEOPOLD Danke. Fräulein Anna, draußen im Schrank stehen...

ANNA Die Hausschuhe. Gleich, einen kleinen Moment.

LEOPOLD Danke.

FRANZ Süße kleine Schuhchen für den lieben Leoleo.

LEOPOLD Mein Gott, du bist schon wieder beleidigt, du hast immer noch nicht begriffen, daß man dein Bestes will.

FRANZ Oh, und ob er das begriffen hat. Keiner will ihn, keiner mag ihn. *Er singt.*
Heimatlos sind viele auf der Welt
Heimatlos und einsam wie ich
Überall verdiene ich mein...

ANNA Die Hausschuhe.
LEOPOLD Gut.
FRANZ Ich bin nicht beleidigt.
LEOPOLD Natürlich nicht.
FRANZ Ich bin wirklich nicht beleidigt.
LEOPOLD Das sage ich ja.
FRANZ Aber wie du das sagst.
LEOPOLD Wie man sowas halt sagt.
FRANZ Ja.
ANNA Franz!
FRANZ Ja.
ANNA Du sollst nicht immer mit ihm sprechen.
FRANZ Hast du Erfolg gehabt diese Woche?
LEOPOLD Ich habe Vera gefunden.
FRANZ Nein, ich meine, hat sich wieder einer umgebracht?
LEOPOLD Nein.
FRANZ Schade, nichts gönnt man dir.
ANNA Warum sind wir eigentlich immer noch da?
LEOPOLD Weil ihr mich gerne anschaut. *Nach einer Pause.* Ich habe Hunger! *Alle drei stehen auf.* Macht mir was Gutes zu essen.
ANNA Was denn?
FRANZ Auch zu trinken?
VERA Vielleicht Bier?
LEOPOLD Platz! Das ist mir ganz egal. Das ist mir wirklich ganz egal. Nur eine Kleinigkeit.
VERA Darf ich eine Platte auflegen?
LEOPOLD Nein. Ich möchte wissen warum es hier so kalt ist.
FRANZ Weil der Ofen nicht an ist.

LEOPOLD Und? Dann mach ihn an. Mein Gott, diese Selbstverständlichkeiten. Ich verlange doch nichts Unbilliges von euch.

Anna geht hinaus.

LEOPOLD *fast weinerlich* Ich höre auf zu arbeiten!
FRANZ *der sich am schnellsten faßt* Was?
VERA *die etwas länger braucht* Wie?
LEOPOLD Ja.
VERA Und wie stellst du dir das vor?
LEOPOLD Es wird schon irgendwie weitergehen.
FRANZ Ja, es wird schon irgendwie weitergehen.
VERA Aber das kannst du doch nicht so einfach – und da hast du mich mitgenommen, und ich habe gedacht, du bist endlich vernünftig geworden.
FRANZ Er ist tatsächlich endlich vernünftig geworden.
LEOPOLD Ich möchte Bier haben.
FRANZ Wir haben alle nichts an.
LEOPOLD Vera. Zwei Flaschen dunkles Bier.
VERA Hast du Geld?
LEOPOLD *zu Franz* Hast du Geld?
FRANZ Nein. Anna? Hast du Geld?
ANNA Ja.
FRANZ Dann gib Vera ein paar Mark, sie soll Bier holen.
ANNA Aber gerne. *Sie gibt Vera Geld. Vera geht.*
LEOPOLD Wieviel haben Sie ihr gegeben?
ANNA Zehn Mark.
FRANZ Oh! Hoffentlich kommt sie wieder.
LEOPOLD Du hast Vera nie begriffen.

FRANZ Nein. Ich hab auch mich nicht begriffen.
LEOPOLD Darf ich einen Moment mit deiner Verlobten allein sprechen?
FRANZ Sicher. Soll ich rausgehen?
LEOPOLD Nein, wir gehen rüber.
ANNA Ja.
FRANZ *allein* So viel Unglück. *Er setzt sich auf den Boden und weint* . So viel Unglück. *Er singt.*

Keine Freunde, keine Liebe
Keiner denkt an mich das ganze Jahr
Keine Freunde, keine Liebe
Wie es früher, früher einmal war.

Armer kleiner Franz. Isser danz alleine! Viele Weinen musser tun, viele Weinen.

Vera kommt zurück mit zwei Flaschen Bier, in jeder Hand eine.

VERA Warum heulen Sie denn?
FRANZ Weil ich unglücklich bin.
VERA Wo ist Leopold. Und diese Anna?
FRANZ Ich seh mal nach.

Nach einer Weile kommt er ganz ernüchtert zurück.

VERA Und?
FRANZ Tja. Die treibens zusammen.
VERA O, o, o!
FRANZ Es ist aber so.
VERA Das hätte er mir früher nie angetan.
FRANZ Nein, früher war er g a n z anders.

VERA Verstehen S i e das? Nimmt mich extra hierher mit, um mich dann so zu demütigen.

FRANZ Nein. Auch ich verstehe das nicht.

VERA Ich durchlebe die ganze Skala des Leids.

FRANZ Er wird schon wieder etwas für Sie tun. *Er geht hinaus.*

VERA So viel Unglück. *Sie setzt sich hin und weint.* So viel Unglück.

FRANZ *kommt zurück* Lieben Sie Leopold?

VERA Ja.

FRANZ Ich auch. Was man so Liebe nennt, lieb ich ihn.

VERA Sie sind so weiß. Ist ihnen nicht gut?

FRANZ Ich habe Gift geschluckt.

VERA Ach ja?

FRANZ Ja. *Er geht zum Telephon, sucht im Telephonbuch eine Nummer.* Siebensiebenfünfdreisiebensechs. Hallo? Ja. Ich spreche. Sie müssen unbedingt kommen. Wieso warum?... Er ist doch übergeschnappt, das sieht doch jeder auf den ersten Blick... Na er, Leopold. Sie wollen mich nicht verstehen. *Er hängt ein.* Keiner kann mich verstehen. *Er geht zum Plattenspieler und stellt Händels »Hallelujah« an.*

VERA Wen haben Sie denn da angerufen?

FRANZ Das Irrenhaus.

VERA Ach?

FRANZ *wählt neu, nach einer Weile* Mutti! Ich habe mich vergiftet. Nein, Mutti, da kann man gar nichts mehr machen. Nein, Mutti, es hat auch keinen Sinn zu kommen. Tschau, Mutti, vielleicht komm ich in den Himmel, weil ich so jung bin. Ja. Danke. *Er hängt ein.*

VERA Was sagt Ihre Mutti denn?
FRANZ Glückliche Reise.
VERA Die Frau hat doch kein Herz.
FRANZ O doch, sie hat es nur am rechten Fleck. Und jetzt lassen Sie mich in Ruhe sterben. Wenigstens das kann man mir doch gönnen, oder?
VERA Sie sprechen wie Leopold.

Franz setzt sich in einen Sessel und stirbt zu Händels »Hallelujah«.

VERA Er ist beileibe tot. Wer hätte das gedacht. Diese Jugend. Leopold!
LEOPOLD Ja?
VERA Komm doch bitte einen Augenblick.
LEOPOLD Einen kleinen Moment. *Er kommt in einem Schlafanzug.* Was gibts denn jetzt schon wieder.
VERA Da, schau, dein Freund ist tot.
LEOPOLD Franz? Ach nein, der spielt doch nur Theater.
VERA Nein, wirklich nicht.
LEOPOLD Tatsächlich. Das ist ja schrecklich. Was machen wir denn da?
VERA Da kann man nichts mehr machen.
LEOPOLD Du hast ihn umgebracht.
VERA Ich? Wie denn?
LEOPOLD Du hast ihn nicht in Ruhe gelassen. Der arme Junge, achtzig hätte er werden können, na ja, vielleicht siebzig, aber siebzig bestimmt.
ANNA *fast nackt* Was ist denn?
LEOPOLD Er ist tot.

ANNA Wer?

LEOPOLD Franz.

ANNA O Gott, o Gott! Meine Kinder! Wer macht mir jetzt meine Kinder. Leopold sollten sie heißen, Franz und Leopold.

LEOPOLD Komm, Mädchen, leg dich wieder hin. Beruhige dich, entspanne dich. Das ist wichtig. *Er geht zum Telephon.* Mein Gott. *Er wählt.* Gnädige Frau, hier ist Bluhm, verzeihen Sie meinen Anruf. Ihr Sohn ist tot. Wie bitte? Ach so. Das wissen Sie bereits. Ja, dann. Oh, aber nein, ich habe keinerlei Unannehmlichkeiten, nein, wirklich nicht. Verzeihen Sie die Störung. Wiederhören.

VERA Ich möchte hier weg, hier liegt ein Toter.

LEOPOLD Ich weiß.

VERA Man muß doch die Polizei anrufen.

LEOPOLD Das machen wir später. Zieh dich aus, leg dich drüben zu Anna ins Bett, ein reizendes Mädchen übrigens, ich putz mir nur schnell die Zähne, dann komm ich.

VERA O ja.

Ende.

Die bitteren Tränen der Petra von Kant. Erstdruck in: Karlheinz Braun/Peter Iden (Hg.), »Neues deutsches Theater«, Zürich 1971. Uraufführung als Produktion des Landestheaters Darmstadt bei der Experimenta 4, Frankfurt/M., 5. 6. 1971. Es spielten: Margit Carstensen (Petra von Kant), Maria Kayssler (Valerie von Kant), Beatrix Martin (Gabriele von Kant), Renate Bochow (Sidonie von Grasenabb), Elisabeth Gaßner (Karin Thimm), Irm Hermann (Marlene). Regie: Peer Raben.
Das Stück war bei der Uraufführung höchst umstritten. Erst Fassbinders Film, der im selben Jahr bei den Berliner Filmfestspielen Premiere hatte, verhalf auch dem Theaterstück zum Durchbruch. Neben Margit Carstensen in der Titelrolle besetzte Fassbinder Hanna Schygulla (Karin), Irm Hermann (Marlene), Eva Mattes (Gabriele), Gisela Fackelday (Mutter) und Karin Schaake (Sidonie). Er widmete den Film »dem, der hier Marlene wurde«, und änderte den Schluß: Petra lehnt am Telefon ein Treffen mit Marlene ab. Die Mutter geht, Petra entschuldigt sich bei Marlene, verspricht ihr für die Zukunft »Freiheit und Spaß«. Marlene wendet sich ab, packt wortlos ihren Koffer, zieht den Mantel an und geht. Petra bleibt allein zurück.
Heute gehört *Die bitteren Tränen der Petra von Kant* mit über 100 Inszenierungen in 30 Ländern der Welt zu Fassbinders meistgespielten Stücken.
Tropfen auf heiße Steine. Typoskript im Nachlaß, nicht datiert. Geschrieben 1965/66
Erstdruck in: R.W. Fassbinder, »Anarchie in Bayern und andere Stücke«, Frankfurt/M. 1985. Die Urauf-

führung fand posthum am 27. 5. 1985 beim Münchner TheaterFestival statt. Es spielten: Michael Greiling (Leopold Bluhm), Gottfried Breitfuß (Franz), Katja Flint (Anna) und Marion Maier-Mathei (Vera). Regie: Klaus Weise. Mit Sicherheit eines von Fassbinders frühen Stücken, wenn nicht sogar sein erstes.

Rainer Werner Fassbinder, geboren am 31. 5. 1945 in Bad Wörishofen, gestorben am 10. 6. 1982 in München.

Buchpublikationen Theater: *Antiteater* Frankfurt am Main 1970; *Antiteater 2* Frankfurt am Main 1972; *Stücke 3* Frankfurt am Main 1976; *Katzelmacher. Preparadise sorry now.* Zwei Stücke, Frankfurt am Main 1982; *Bremer Freiheit. Blut am Hals der Katze.* Zwei Stücke, Frankfurt am Main 1984; *Anarchie in Bayern und andere Stücke* Frankfurt am Main 1985.
Film: *Schatten der Engel* Frankfurt am Main 1976; *Angst essen Seele auf* Kopenhagen 1978; *Der Film Berlin Alexanderplatz.* Arbeitsjournal, zusammen mit Harry Baer, Frankfurt am Main 1980; *Filme befreien den Kopf.* Essays und Arbeitsnotizen, hrsg. von Michael Töteberg, Frankfurt am Main 1984; *Die Kinofilme 1.* Hrsg. von Michael Töteberg, München 1987; *Fassbinders Filme 2.* Hrsg. von Michael Töteberg, Frankfurt am Main 1990; *Fassbinders Filme 3*, Frankfurt am Main 1990; *Fassbinders Filme 4/5.* Zwei Bände in Kassette, Frankfurt am Main 1991.
Die Anarchie der Phantasie. Gespräche und Interviews, hrsg. von Michael Töteberg 1986; *Rainer Werner Fassbinder. Dichter, Schauspieler, Filmemacher; Werkschau Katalog.* Hrsg. von der Rainer Werner Fassbinder Foundation und Juliane Lorenz, Berlin 1992.
Das ganz ganz normale Chaos. Gespräche über Rainer Werner Fassbinder. Hrsg. von Juliane Lorenz, Berlin 1995 (mit einem Gespräch u.a. mit Daniel Schmid über

die Entstehung des Stückes und des Filmes »Schatten der Engel«).

Theaterstücke: *Nur eine Scheibe Brot,* U: Bregenzer Festspiele 1995; *Tropfen auf heiße Steine,* U: Internationales TheaterFestival München 1985; *Katzelmacher* U: Action-Theater München 1967; *Iphigenie auf Tauris von Johann Wolfgang von Goethe* U: antiteater München 1968; *Der amerikanische Soldat* U: antiteater München 1968; *Die Bettleroper* nach John Gay, U: antiteater München 1969; *Preparadise sorry now* U: antiteater München 1969; *Anarchie in Bayern* U: antiteater im Werkraum-Theater München 1969; *Das Kaffeehaus* nach Goldoni, U: Theater der Freien Hansestadt Bremen 1969; *Werwolf* zusammen mit Harry Baer, U: antiteater im Forum-Theater Berlin 1969; *Das brennende Dorf* nach Lope de Vega, U: Theater der Freien Hansestadt Bremen 1970; *Blut am Hals der Katze* U: Städtische Bühnen Nürnberg 1971; *Bremer Freiheit* U: Theater der Freien Hansestadt Bremen 1971; *Die bitteren Tränen der Petra von Kant* U Landestheater Darmstadt 1971; *Der Müll, die Stadt und der Tod* U: Schauspiel Frankfurt 1985.

Filme: *Liebe ist kälter als der Tod* 1969; *Katzelmacher* 1969; *Götter der Pest* 1969; *Warum läuft Herr R. Amok?* 1969; *Rio das Mortes* 1970; *Die Niklashauser Fart* 1970; *Der amerikanische Soldat* 1970; *Warnung vor einer heiligen Nutte* 1970; *Pioniere in Ingolstadt* nach M. Fleißer 1970; *Die Händler der vier Jahreszeiten* 1971; *Die bitteren Tränen der Petra von Kant* 1972;

Wildwechsel nach F.X. Kroetz 1972; *Acht Stunden sind kein Tag* Fünf Folgen 1972; *Welt am Draht* Zwei Folgen 1973; *Angst essen Seele auf* 1973; *Martha* 1973; *Nora Helmer* nach Ibsen 1973; *Fontane Effi Briest* 1974; *Wie ein Vogel auf dem Draht* 1974; *Faustrecht der Freiheit* 1975; *Mutter Küsters' Fahrt zum Himmel* 1975; *Angst vor der Angst* 1975; *Ich will doch nur, daß ihr mich liebt* 1976; *Chinesisches Roulette* 1976; *Satansbraten* 1976; *Bolwieser* nach O. M. Graf 1977; Beitrag zu *Deutchland im Herbst* 1978; *Despair – Eine Reise ins Licht* nach Vladimir Nabokov 1978; *In einem Jahr mit 13 Monden* 1978; *Die Ehe der Maria Braun* 1978; *Die dritte Generation* 1979; *Berlin Alexanderplatz* nach A. Döblin, 14 Folgen 1980; *Lili Marleen* 1980; *Lola* 1981; *Theater in Trance* 1981; *Die Sehnsucht der Veronika Voss* 1982; *Querelle* nach J. Genet 1982.

Hörspiele: *Preparadise sorry now* 1970; *Ganz in Weiß* 1970; *Iphigenie auf Tauris von Johann Wolfgang von Goethe* 1971; *Keiner ist böse und keiner ist gut* 1971.

Theateraufführungen nach Filmen: *In einem Jahr mit 13 Monden* U: Théâtre National de Strasbourg/Festival Avignon 1994; *Angst essen Seele auf* U: Theater am Halleschen Ufer 1995; *Händler der vier Jahreszeiten* U: Niedersächsische Staatstheater Hannover 1997.

Aufführungsrechte beim Verlag der Autoren: *Katzelmacher; Iphigenie auf Tauris von Johann Wolfgang von Goethe; Der amerikanische Soldat; Die Bettler-*

oper; Preparadise sorry now; Anarchie in Bayern; Das Kaffeehaus; Werwolf; Das brennende Dorf; Blut am Hals der Katze; Bremer Freiheit; Die bitteren Tränen der Petra von Kant; Der Müll, die Stadt und der Tod; Tropfen auf heiße Steine; Nur eine Scheibe Brot; Angst essen Seele auf; Händler der vier Jahreszeiten; In einem Jahr mit 13 Monden.